龍神と番の花嫁

～人魚の花嫁は月華のもと愛される～

琴乃葉

STARTS
スターツ出版株式会社

ざく、ざくっと雪を踏む足音が止まると、幼女は泉の縁にしゃがみ、透き通った湖面を覗き込んだ。

ゆらゆらと揺れる水面には、青い目をした自分の顔が映っている。

「凍華《とうか》、あまり身を乗り出すと落ちるぞ」

「はい、お父さん」

名を呼ばれ、すっと立ち上がると、銀色の花を摘んでいる父親の元へ駆け寄る。

背を伸ばし、花の香りを嗅ごうとする娘に、父親は「持っていなさい」と花束を手渡した。幼女は花束に顔を埋《うず》め、甘い匂いを胸いっぱいに吸い込んだ。

「それじゃ、帰ろう」

「うん、お父さん、今夜も人魚の話をして」

幼女が伸ばした手を、父親が包む。

「ああ、凍華はあの話が好きだな。それじゃ、泉にさようならを言って帰ろう」

「うん」

父の言葉に振り返り、幼女は手を振った。

「さようなら。また来るね」

あれは、誰に言ったのだろうか。父親が少し寂しそうに笑っていた——。

目次

龍神と番の花嫁

～人魚の花嫁は月華のもと愛される～

半妖の人魚

『呪われた子供』

そう呼ばれることに凍華《とうか》はすっかり慣れていた。

正確には、慣れたというより心を閉ざしたというほうが正しいかもしれないが、ともかく物心ついたときからそう呼ばれ蔑まれてきた凍華にとってそれは、もはやべったりと自身に張り付いた言葉だった。

凍華が物心ついたときには母親はもうおらず、母親についてはよく分からない。

軍の関係者だった父親も凍華が五歳のとき、殉職した。軍人ではない。軍の中では珍しい、書記官のような仕事だったと聞いている。

そして、凍華を引き取った叔母《おば》は、気に入らないことがあれば――それが凍華とまったく関係ない理由であっても、頻繁に殴り罵ってきた。

「書記官なのに、脱走した凶悪犯にたまたま軍の敷地内で遭遇して殺されるなんて、あんたの父親はとんだ間抜けよ！　おまけにこんな気味の悪い忌《い》み子を残すなんて。どれだけ私に迷惑をかければ気が済むの！　聞いている、凍華、あんたなんか生きている価値もないのよ!!」

「申し訳ありません」

冷たい土間に額を押し付け頭を下げる凍華の姿は、もはや日常の光景だった。

顔を上げればまた殴られるのは目に見えている。

叔母は凍華の青い目をことさら嫌い、そのせいか凍華はずっと俯《うつむ》いて暮らしていた。

『青い目を持つ女に近づいてはいけない』『寿命が縮まる』……そんな昔話がいつしか形を変え、『青い目は呪いをもたらす』と言われるようになった。

異国から瞳の色が違う人間が来るようになって、偏見を持つ者は減ってきてはいるが、この迷信は未《いま》だ根強く残っている。

凍華の両親は婚姻届を出さなかった。そのせいで母親の出自は調べようがないが、父親とも叔母とも、この帝都に住む人とも違う海の底のような青い目は、凍華が『忌み子』と呼ばれるのに充分な理由であった。

＊＊＊

「お腹《なか》すいたなぁ」

母屋《おもや》の半地下に作られた座敷牢《ざしきろう》で、凍華は膝を抱え飢えに耐えていた。その身体《からだ》は十五歳にしては細く小さい。

季節は間もなく如月《きさらぎ》、この大日本帝国で一番寒い季節にもかかわらず、火鉢や湯たんぽといった暖をとるものはなにひとつない。干すのもままならないひしゃげた布団はじめりと湿り、身体を滑り込ませてもぬくもらない。

おまけに、ひとつだけある窓は建て付けが悪く、風が吹くたびにバタバタとうるさい。

そのせいで座敷牢の中は外と変わらないほど寒く、吐く息は白かった。

「木の実、これが最後か」

袂《たもと》から出した巾着の中には、秋の間に採っておいた木の実が入っている。腹が減ったときに食べていたけれど、それすらもうないのだ。

叔母に引き取られてから、凍華は休むことなく働かされていた。今日はひときわ寒くて洗濯物の乾きが悪く、それが気に食わなかった叔母は凍華のせいだと責め立て、夕食を抜いたのだった。

ぼりっと木の実を噛《か》む小さな音がして、しかしすぐにシンと静かになる。

俯く凍華の頭の上にふわふわと白い綿帽子が落ちてきて、くすんだ畳にひとつ、またひとつと小さな染みを作った。

「……雪」

見上げた視線の先、窓から粉雪が部屋に舞い込んでくる。今日は一段と冷えると思っていたが、どうやら降り始めたらしい。

本来なら凍死してもおかしくない環境にもかかわらず、なぜか凍華は今日まで風邪ひとつ引いたことがなかった。

舞い込む雪を手のひらで受け止めると、それはすぐに水に変わる。その水にそっと唇を寄せて舐《な》めれば、冷たさが心地いい。

「やっぱり私は人とは違う」

寒いのは寒いが、歯の根が合わないほど震えたりはしない。

それより夏の暑さのほうが嫌だった。あまりの暑さに倒れたのは一度や二度ではない。

そのたびに、苛《いら》ついた叔父《おじ》に髪を掴《つか》まれ桶《おけ》に顔を突っ込まれた。しかし、あるときから桶の水を凍華の頭にぶっかけるだけになった。

理由は、凍華が苦しまないからだ。

ある夏の日、叔父は凍華の顔を桶に突っ込みながら意地の悪い声で数を数え始めた。どこで悶《もだ》え苦しむだろうかという嗜虐心《しぎゃくしん》からだったが、それが百、二百となっても、凍華が息苦しさから暴れることはなかった。

叔父の歪《ゆが》んだ笑みが次第に消え、青ざめた顔で凍華の名を呼びつつその手を離したのは、三百を数えたとき。

やっと自由になった頭を持ち上げた凍華は、いつもと変わらぬ無表情で息を乱さぬまま叔父を見上げた。

その様子に叔父ははっと息を呑《の》むと、次の瞬間にはカッと目を見開き、凍華を化け物だと罵りながら手元にあった棒で何度も殴った。

何度も何度もぶたれ、蹴られ、訳の分からない凍華だったけれど、ひたすら繰り返される『化け物』という言葉はその痛みと共に身体に刻み込まれた。

その日から、凍華自身も漠然と自分が人とは違うと感じ始めた。

だから、『忌み子』と罵られても仕方ないのだと思うようになったのだ。


翌朝、雪の積もった地面に洗い桶を置き洗濯をしていた凍華の頭に、着物がばさりと放り投げられた。

「これも洗濯しておくのよ」

それだけ言うと、叔母は暖かそうな綿入れの襟を合わせ、足早に家に戻っていく。

雪下駄がギュッギュッと雪を踏む音が遠ざかるのを聞きながら、凍華は着物を頭からはぎ取り、冷たい水の張った桶に入れた。

追加で渡された着物も、叔母が着ていた物も綿がしっかり入った冬用の着物だ。

それに対し、凍華が着ているのは夏と同じ単衣《ひとえ》に少しだけ綿を入れた羽織。足元も、つま先にふわりとした雪除《よ》けが付いている雪下駄ではなく草履だ。

着物は、何度も肩出しをして裄丈《ゆきたけ》を直したけれど八分袖でみっともないし、草履の鼻緒は端切《はぎ》れで直し、右と左では色が違う。つま先は指と一緒であか切れ、薄《う》っすらと血が滲《にじ》んでいた。

決して貧しい家ではないのに、凍華の姿はひどいものだった。

凍華が住む楠《くすのき》の家は、父親の生家でもある。養蚕で富をなし、帝都から馬車で半刻の場所にある名家が多いこの辺りでも有名な旧家だ。

その家を継いだのが叔母の幸枝《さちえ》だった。

広い敷地の中には五つの建物があり、そのうち三つの倉では蚕が飼われていた。倉の隣には糸を紡《つむ》ぐ製糸工場があり、十人の従業員により日々糸が作られている。

真っ赤になった指先に白い息を吹きかけていると、再び不機嫌を露《あら》わにした声が頭上からした。

「まだ洗濯をしているの。相変わらずどんくさいわね」

「……申し訳ありません」

雪の上を滑らせた目線の先にあるのは、赤い雪下駄と毛糸で編んだ暖かそうな足袋。

顔を上げなくとも声の主がこの家のひとり娘で凍華と同い年の雨香《あめか》だと分かる。

人形のようなぱっちりとした大きな目に、白く透き通る肌、すっと通る鼻筋。小さな口はまるで作り物のように可憐《かれん》で、この辺りでも有名な美人だ。

「さっさとしないと、今度は昼ごはんを抜くわよ」

「はい」

「本当、ぼさぼさの髪ね。どうにかならないの。その姿で間違っても近所をぶらつかないでね」

「畏《かしこ》まりました」

雨香は見せつけるようにさらりと黒髪をかき上げる。

艶々と光る濡《ぬ》れ羽根のようなその髪を、凍華はうらやましく思う。

（せめて私の髪が、ぼさぼさでうねることなく、さらさらならよかったのに）

細い髪は絡《から》まり櫛《くし》を通すのもやっとで、いつも三つ編みにしてまとめているが、艶のない黒髪ではみすぼらしさが増すばかりだ。

世間体を気にする叔母は兄の子である凍華を養女として引き取った。しかしその扱いは家に数人いる使用人以下のものだし、外出はほとんど禁止され製糸工場の従業員には会ったこともない。

『両親を亡くした養女は心を病み家に引きこもっているけれど、叔母家族はそんな彼女を献身的に支えている』というのが近所の人の認識である。だから表を歩くときには、その目の色を隠すためにも頬被《ほおかむ》りをするよう命じられていた。

空《から》っ風が雨香の持つ匂い袋の香りを凍華に運んでくる。

数日前に凍華が作った匂い袋を身につけているようだ。

匂い袋は、楠の家から半日歩いた場所にある山の上に咲く銀色の花で作られていて、甘く妖艶《ようえん》な匂いがする。雨香はその匂いをことさら気に入っていた。

山の持ち主は叔母で、麓には桑の木が植えられているが、花が咲くのは崖をよじ登った先にある泉のほとり。一年中いつ行っても咲くその花は、かつては凍華が匂い袋に入れて持っていた物だ。

（昔、お父さんがあの泉には人魚がいると言っていたわ）

そこは、数少ない父親との思い出の場所でもある。

人魚を含め、妖《あやかし》には〝番《つがい》〟がいるという。

そんな人魚が番でない人間に恋をしたら……。父親は寝物語に、人魚と人間の道ならぬ恋を語ってくれ、凍華はその御伽噺を聞くのが好きだった。

そのとき、部屋の中には雨香が持つ匂い袋と同じ匂いの香が焚《た》かれていた気がするが、凍華はぼんやりとしか覚えていない。

「なにをぼうっとしているの。さっさとしなさい」

「は、はい」

匂い袋の香りのせいか、遠い記憶に想《おも》いを馳《は》せていた凍華は、その声に弾《はじ》かれるように桶に手を入れた。

冷たい水の中で手を動かす姿に、雨香はふふふと笑うと、凍華が行くことを許されなかった学校での出来事を楽しそうに語りだす。

それを、凍華はいつものように心を閉ざして聞き流し、手元の洗濯物にだけ意識を向けやり過ごすのだった。


いつもと変わらぬ日々が続いたある冬の昼下がり。

凍華が叔母と叔父に呼ばれ玄関先に向かえば、見知らぬ男がひとり立っていた。

お客様だろうかと頭を下げたところで、その男は凍華の両肩を掴んで全身を舐め回すように見てくる。視線がねっとりと絡みついた。

「あ、あの……」

突然の出来事に声を震わせれば、男はニヤリと笑う。

「旦那のおっしゃる通り、こりゃ、上玉ですわ。汚れて痩せてみすぼらしいが、磨けば光る玉のようだ。それに、この目がいい。客の中には珍しいものを好む酔狂なお人も多くてね。しかも、男を惑わす妙な色香があるじゃないですか」

「そんなもの、この小娘から感じたためしはないが。目の色はおそらくこいつの母親譲りだろう、楠にはこんな奇妙な目の色の人間はいないからな。とにかく、いい値で買ってくれるんだろうな」

袖に手を入れにんまりと笑う叔父の横で、叔母が身を乗り出す。

女衒《ぜげん》はもう一度凍華を値踏みするように見てから、煙草《たばこ》のヤニで黄色くなった歯を覗《のぞ》かせ笑った。

「へへ、こっちはこれで商売してんですよ。あっしの見る目に間違いはございません。昔から青い目は呪いだと忌み嫌われてますが、異国人がいる帝都ではおぞましさより興味が上回るんでしょう」

なんの話だろうと凍華が身体をこわばらせていると、男はやっと肩から手を離した。嫌らしく笑うその顔に、全身に鳥肌が立ち、今すぐここから逃げ出さなきゃいけない気持ちに駆られる。半歩後ろに足を引いたとき、背後から雨香の声がした。

「あんた、売られるのよ。私のために」

「えっ!?」

振り返ると、蔑んだ笑みを浮かべる雨香がいた。

「あんたを売ったお金で、私は帝都一の女学校に入学するの」

「私を売る?」

「最近できた女学校で、異国のマナーや歴史、文化、言葉を学ぶのよ。日本でも有数のお金持ちの子供だけが通う『青鸞《せいらん》女学校』に私が入学できるなんて!　お父様、ありがとうございます」

凍華を押しのけ叔父の腕に抱きつく雨香を、凍華は呆然《ぼうぜん》と見た。

(雨香を女学校に通わせるために、私を売る？　そんな……)

あり得ない、と愕然《がくぜん》とした。楠の家はお金に困っていないはずだ。

「わ、私なんて売らなくても、お金ならあるのではないですか？」

「青巒女学校は三年ぶんの授業料と一年間の異国への留学費用をまとめて払う必要がある。まとめて、となると少々きつくてな。それで、お前を売ることにした。お前は今日で十六歳、成人するまで面倒をみてやったのだから、今度は儂《わし》たちに恩を返す番だ」

言われて初めて、凍華は今日が自分の生まれた日だと思い出した。

しかしこの場合、十六歳というのはもっと別の意味が含まれる。

「十六歳未満は客がとれませんからね。即戦力というわけでさぁ、ひひひひ」

気持ち悪い引き笑いをする女衒の言葉に、凍華は血の気が引き今にも倒れそうになった。売られると聞いたときから予想はしていたが、具体的な言葉に目の前が真っ暗になる。

「お父様もお母様も、忌み子を今まで育てたかいがあったわね。あんたも、育ててもらった恩を返せるのだから本望よね、ふふふ」

意地悪く口角を上げる雨香の笑い声が遠くに聞こえた。

(雨香に最高の教育を受けさせる、そのためだけに私は売られるの？)

「あんたが男たちに酌をし褥《しとね》を共にする間に、私は令嬢として特別な教育を受け留学し、ゆくゆくはこの国の中枢となるお方に嫁ぐのよ」

「ああ、儂が素晴らしい相手を探してやろう」

叔父と雨香の会話が他人事《ひとごと》のように耳を通り抜けていく。足が地に着いていないようで、なにが起きているのか実感が湧かない。

（私がなにをしたというの？）

母親がいないのも、父親が殉職したのも凍華のせいではない。こんな青い目に、髪に生まれたかったわけでもない。

それでも、粗末ながらも食べるものがあり屋根の下で眠れるのならばと我慢してきたのに、売られるなんて。

悲しさ、悔しさ、不安……。胸に込み上げる感情に凍華が言葉を失っている間にも、女衒と叔父の話は進んでいく。

「じゃ、金は無事初仕事を終えたのを確認してから持ってきやすんで」

「はっ？　今、払ってくれるんじゃないのか？」

叔父が、それまで袖に入れていた手を出し慌てだす。叔母も初耳のようで、女衒と叔父の顔を交互に見るが、どうして叔父がそこまで慌てるのか不思議なようだ。

「数年前まではそうでしたが、初仕事前に怖気《おじけ》づいて逃げたり――まっ、こっちは捕まえればいいんですが、中には自分で首をくっちまうモンもいたんで。そうなると、大赤字になっちまうでしょう。だから今はひと月後に金を払うところが多いんですわ」

「多い、というなら即日払いの店もあるんだよな？」

「ないことはないですが、買取価格は三分の二ですかね。その女、痩せてガリガリだが、もとは悪くねぇ。あっしとしては一番高く買ってくれる大店《おおだな》にどうかと思っているんですよ」

女衒は女を仕入れ廓《くるわ》に売る。どの廓にどの価格で売るかは女衒の腕にかかっている。

幸い入学金の支払いまでひと月の猶予があった。それなら高く買い取ってくれる店のほうがよいと、揉《も》み手をする女衒を見ながら叔父は考えたらしい。

「分かった。おい、凍華、今まで育ててやったんだ。恩を仇《あだ》で返すなんて真似《まね》はするなよ」

「へへ、それは廓でもしっかり目を光らせますんで。あっしも、これだけの上玉に死なれちゃたまりませんからね」

よし、と叔父が膝を叩《たた》く。それが合図となり凍華の身売りが決まった。

まるで店先で野菜を売り買いするかのようなやり取りを、凍華は他人事のように眺めていた。言っている言葉は理解できるけれど、内容が頭に入ってこない。

「二度とその気味の悪い顔を見せるんじゃないぞ」

それが十年以上共に暮らした者への見送りの言葉だった。

こうして、成人の誕生日を迎えたその日、凍華は小さな風呂敷ひとつだけで叔母の家を叩き出され、夕暮れどきに提灯《ちょうちん》の灯《あか》りが眩《まぶ》しい煌《きら》びやかな遊郭に辿《たど》り着いた。


「ふうん、これが昨日言っていた娘か」

鼻の上に大きなでき物のある初老の女性が、粘っこい視線で凍華を値踏みする。

『女将《おかみ》さん』と呼ばれたこの女性が店を取り仕切っているのは、凍華にもすぐに分かった。

事前に話をしていたのだろう、女将と女衒の会話は阿吽《あうん》の呼吸のように進んでいく。

「仕事の内容は説明したんだろうね」

「もちろん、本人も納得済だ」

聞いたのは客をとるということだけ。もちろん納得などしていない。でも、凍華は恐怖からなにも言えず、ギュッと着物を握りしめ動けないでいた。

くたびれ、あちこち直してつぎはぎのあるその着物を女将がじろりと見て、にたりと笑う。

「見たところ、帰るあてもない、虐《しいた》げられた娘のようだね。耐えるのに慣れている娘は扱いやすく廓にとって都合がいい。身体は貧相だが見目は悪くないね。いいよ、言い値で買おう。ただし金はひと月後だ」

「もちろん、分かってます。ではあっしはこれで、ひひひっ」

男は引き笑いと共に廓を出ていった。

残された凍華は下を向き立ち尽くす。これから先自分がどうなるのか、恐ろしい。

「なにを突っ立っているんだ。とにかく上がりな」

凍華がいるのは廓の勝手口、土間から上がり長い廊下を女将について歩いていく。

「この建物は三階建て。帝都でも珍しいだろう。一階が、台所に風呂と茶飲みの待合所。三階は部屋持ちが使い、あんたの仕事場は二階になる」

早口で説明されても自分の話とは思えない。どうしてこんなところに来てしまったのか、現実が受け入れられなかった。

板張りの廊下は綺麗《きれい》に磨かれていて、その冷たさが裸足《はだし》の足裏から伝わってくる。足を拭かずに上がってしまった、汚したら怒られるのだろうか。そんな、決して今心配する必要のないことばかりが脳裏に浮かぶ。

粗末な縦縞《たてじま》の着物をギュッと握った凍華の顔は、幽霊のように真っ白だ。

女将は、ついと後ろを振り向くと、そんな反応は見慣れたとばかりに赤い唇の端を上げた。

「馴染《なじ》みの客に声をかけ、相手はもう決まっている。予想以上に枯れ枝のような手足だが、出るとこは出ているし、なにより青い目がいい。珍しいもの好きの金持ちたちが喜ぶだろうね」

ずっと青い目が嫌いだった。この色のために虐げられてきたから。

そして、今は憎くて憎くて仕方がない。

どうして自分の目は人と違うのか、いっそのこと潰してくり抜いてしまいたい。

そんな思いに、凍華は固く唇を噛んだ。

「とにかく、まずは風呂だね。ここが湯殿《ゆどの》だよ。湯船が汚れるから、先にしっかり身体を洗ってから入るんだ」

「…………」

凍華は矢継ぎ早に言われる言葉にギュッと襟元を握り、あふれそうになる涙を必死でこらえた。

女将はそんな様子をちらりと見るも、まったく気にせず言葉を続ける。

「出たらこの服を着て二階の一番奥の部屋に行く。逃げようとしても無駄だよ、今夜、番頭ひとりをあんたにつけているから、ちょっとでもおかしな真似をすると折檻《せっかん》の上、実家に送り返す」

「…………」

「おい！　聞いてんのかい！　返事は!!」

「は、はい！」

番頭をつけるや、折檻という恐ろしい言葉に、凍華がただ震えることしかできないでいると、女将に怒鳴られた。反射的に返事をすれば、「声はちゃんと出るじゃないか」とぶつくさ言いながら女将は立ち去っていった。

湯殿の扉の前には頬に傷のある男がひとり座している。女将が言っていた番頭とは彼のようだ。

強面の顔に屈強な身体を見て、凍華は逃げるのが不可能だと悟る。

ガラガラとやけにうるさい音を立てる扉を開け中に入ると、そこは脱衣所のようだ。壁際《かべぎわ》に備え付けられた格子《こうし》状の棚は空っぽで、凍華以外に誰も湯殿にいないらしい。もう仕事が始まっている時間なのだ。

震える手で帯をほどき、ばさりと着物を脱ぐと、それらを時間をかけて丁寧に畳んで棚に入れた。

膝小僧が浮き上がった細い脚はぶるぶると震え、可能ならこのまま消え去りたい。

「早くしろ！」

いつまでたっても湯船へ続く内扉の開く音がしないので、番頭がドンッと扉を叩いた。

凍華の喉から「ひっ」と小さな悲鳴が漏れ、慌てて内扉を開ければ、もわっとした湯気の向こうに大きな湯船がある。

ガランとした空間に時折、ぴちゃん、ぴちゃぁん、と水の滴《したた》る音が寂しく響いた。

凍華は言われた通り、桶で湯を掬《すく》い温度を確かめるように指先で混ぜる。

「温かい」

こんな湯に浸《つ》かるのはいつぶりだろうか。

いつもは生ぬるい湯の入った洗い桶だけ渡され、手ぬぐいで身体を拭いていた。時折、湯に入るのを許されるも、叔母家族が全員入った後なので湯は冷めきっている。湯気がもわもわと立ち昇る湯船に身体を沈めた記憶は、遥《はる》か遠く朧《おぼろ》げだ。

桶と一緒に渡された石鹸《せっけん》は、後で凍華の給料から引かれるらしい。石鹸にしても部屋を使うにしてもすべてにお金がかかるのが廓というものだ。

凍華は重い気持ちで、それでも石鹸を泡立て身体を洗った。そうしなければ、後から怒鳴られ叱《しか》られるかもしれない。

あちこち力任せにごしごし擦《こす》り、湯を頭から被《かぶ》る。

さっぱりするも、もちろん気持ちは晴れない。

でもそんな凍華の心の内とは裏腹に、染み込んだような汚れは石鹸で驚くほどよく落ち、白い肌が窓から差し込む月明かりで美しく輝く。

ぴちゃりと小さな音を立てながら、凍華は足を湯船に入れた。

寒さに強いからといって身体が冷えないわけではない。足先からじわりとぬくもりが広がり、そのまま肩まで浸かれば身体の内からぽかぽかとしてくる。

ちょうど窓の外に満月が見えた。綺麗な丸い月だ。

「満月の夜に外に出てはいけないのよね……」

そう凍華に言い聞かせたのは亡き父親だ。

夜になると座敷牢に閉じ込められる凍華は、月明かりの下を歩いたことがない。

太陽の明るさとは違う、冴《さ》え冴《ざ》えとした冷たく美しいその光を、半地下の窓から見上げながら、一度でいいからそぞろ歩きをしたいと思っていた。

「その夢はもう叶《かな》わないのね」

場所が変わっただけで囚《とら》われの身に変わりはない。

結局、自分はこういう運命のもとに生まれたと諦めるしかないのだと、小さく息を吐く。

いつからだろうか、ため息と一緒に諦めるのが癖になっていた。

くらり、と目の前の景色が歪んだ。久しぶりに入る温かな湯にのぼせてしまったようだ。

でも、まだ出たくはなくて湯船の縁に腰掛けようとしたのだけれど、なぜか身体が思うように動かない。頭の中にどんどん白い靄《もや》がかかってきて、意識がぼんやりとしてくる。

ただ、喉が渇いた。水が欲しいのとも違う、今までに感じたことのない渇きに凍華は喉を押さえる。

身体がなにかを欲している、それは分かるのに、なにかが分からない。

そのまま崩れ落ちるように、凍華は湯船に沈んでいった。

湯の中で目を開ければ、ゆらゆらと動く湯を通して窓の外の月が見える。淡い輝きのはずなのに、目の奥がちかちかと痛むように感じた。

まるですぐ目の前にあるかのように、銀色に輝く月。そのあまりの美しさに手を伸ばすと、指先が青白く光る。

ずいぶん湯の中にいるのに全然息苦しくない。それどころか、疲れ切った身体に力が戻ってくるように感じるではないか。

――喉が渇く。

いったいなにに渇望しているのだろう。

思い出せるようで思い出せないのは、過去の記憶。

遠い遠い昔から受け継がれてきた古《いにしえ》の血。

「おいっ、お前、なにをしている」

突然腕を引っ張られ、凍華は湯から引きずり出された。

目の前で、眉を吊《つ》り上げた番頭が鬼のような形相で凍華を睨《にら》んでいる。湯船が静かになったのを奇妙に思い様子を見に来たところ、凍華が湯に沈んでいたので慌てて引き上げたようだ。

自分が一糸まとわぬ姿だと思い出し「きゃっ」と両手で身を隠し湯船にしゃがみ込む凍華の顎を、番頭はガシリと掴んだ。

「まさか、溺死しようとしたんじゃねぇだろうな」

「ち、違います」

頭を振りたいが、番頭の指の力が強くてできない。震える声でそう伝えれば、番頭は目を眇《すが》めたのち手を離した。

「もう充分だろう。さっさと出ろ。客が待っている」

「はい……」

しかし、そんなところに立っていられては湯から出られない。困って泣きそうに眉を下げると、番頭はふっと鼻で笑った。

「こちとら見慣れている。それに、あんたに手を出せば俺の首が飛ぶ。比喩じゃねぇ。実際に、だ」

それがどんな意味か知り、温かい湯船の中でゾッと鳥肌が立つ。ここはそういう世界なのだと、腹の底が冷えた気がした。

「お前も早く行かなきゃ、折檻されるぞ」

「分かりました」

慌てて立ち上がると、番頭は背を向け湯殿から出ていった。興味がないというのは本当のようだ。

凍華は着慣れぬ赤い長襦袢《ながじゅばん》を一枚だけ羽織り、番頭の後を追うように長い廊下を歩いていく。

髪は、渡された椿油《つばきあぶら》を垂らした湯で洗ったので、絡まりもせずふわりと下ろされている。本当は結い上げるらしいが、波打つ髪と青い目が異国情緒があっていいと、そのままでいることになった。

不思議と、先ほど感じた喉の渇きは治まっている。

（きっと久しぶりの湯にのぼせただけだったんだ）

もしくは緊張か、不安からか。

番頭は階段を上がると、二階の一番奥の部屋へと向かう。

開けられた廊下の窓から賑《にぎ》やかな声が聞こえ、なにやら騒いでいるようだ。凍華は頭上を仰ぐ。天井越しにたくさんの足音が聞こえ、なにやら騒いでいるようだ。

「今日は軍の偉いさんが三階を貸し切っている。豪勢な話だ」

番頭は天井を指差し、わずかに眉根を寄せた。

「軍……よく来るのですか？」

「そうだな。金払いはいいが横柄な奴《やつ》が多い。ま、こっちは、金がもらえりゃそれでいいけどな」

父も来たのだろうか。

叔母が言うには凍華の目の色は母親譲りらしい。青い目をした母親と籍を入れなかったのは、母親が廓にいたからだろうか。そんな考えが脳裏をよぎった。

「ここが今夜のお前の部屋だ」

番頭が立ち止まり部屋の中に声をかけると、十歳ほどの女の子が出てきた。

今宵、凍華が相手をする客は、普段は太夫《たゆう》を指名する上客で、凍華が来るまで太夫付きの禿《かむろ》が話し相手をしていた。

「三沢《みさわ》様、お待たせいたしました。今宵《こよい》到着したての凍華といいます」

「おうおう、待ったぞ。今夜は気位の高い太夫相手ではできぬことを楽しみたいものだ」

「へぇ、お手柔らかに。では、あっしはこれで」

三沢と呼ばれた客は、四十路を少し過ぎたぐらいで、小柄でありながらでっぷりとした腹が目立つ。細い目には嗜虐的な光が宿り、舐めるような視線に凍華は内臓が縮み上がった。

　これからいったいなにをされるのか、恐怖に身体がこわばる。

「おい、こっちに来て酌をしろ」

「は、はい」

　戸惑いながら隣に行き、膝をつく。『酌をしろ』と言われたのだからと徳利《とっくり》に手を伸ばすも、震えていてうまく持てない。

　慣れぬ様子に、客はにたにたと下衆《げす》な笑みを浮かべた。

　なんとかこぼさないようにぐい飲みにたっぷり注ぐと、客はそれをひと息に飲み干す。

「うまい。しかし、部屋が少々暗い」

「そう、でしょうか……？」

　部屋の隅二ヶ所に行灯《あんどん》が置かれ充分に明るいが、客はそれでは不充分だと首を振る。

「今夜は月が明るい。月明かりの下で見るお前の泣き叫ぶ顔はさぞかし美しいだろう」

　客はそう言って嫌らしく口角を上げて笑うと、窓を開けるように命じた。

　おぞましい言葉に泣きたくなりながら凍華は立ち上がり、震える手で窓を開けた。

　昨日まではつらいながらも普通に暮らしていたのに。その暮らしに不満を漏らしもせず、ただ淡々と生きてきた自分がどうしてこんな目に遭わなければいけないのか。

どこでどう間違えたのか、どうすればよかったのかと考えても、答えなんて出てこない。

しょせん、自分にはなんの選択肢もなかったのだ。そう諦めるしかないのだと何度言い聞かせても、心が納得をしない。

夢ならいいのに。縋《すが》るような思いで夜空を見上げると、ちょうど雲間から現れた月の光が部屋に差し込んだ。

「おお、これはいい。楽しい夜になりそうだ」

ははは、と笑う客の顎の肉が揺れる。充満する酒の匂いに吐き気がした。

──喉が渇く。

湯殿で感じた飢えが再び喉の奥から込み上げてくる。

いったいなんだこれは、と戸惑っていると、客がなみなみと酒の入ったぐい飲みを凍華に突き出した。

「こっちに来て座って飲め」

「で、ですが、私は飲んだことがなく……」

月明かりのもと、声が揺れるように響く。自分の声はこんなふうだったかと思うほど、馴染みのない声だ。

凍華の声を聞いた途端、客が目を見開き、次いでなにかに取り憑《つ》かれたかのようにうっとりと顔を歪めた。ゆらゆらと身体を揺らしながら立ち上がり、凍華に迫ってくる。

明らかに先ほどまでと様子が違う。

「もう一度、その声を聞かせろ」

手を伸ばされ反射的に後ずさるも、窓が背に当たりそれ以上は下がれない。客は胡《う》乱《ろん》な目を凍華に向けると、いきなり抱きついてきた。

「助けて!!　助けて！」

涙ながらに叫ぶ声は廊下で見張っている番頭に届いてはいるが、もちろん助けるはずがない。それどころか逃げられないようにと襖《ふすま》を両手で押さえ込んだ。

客は凍華の腹にしがみつき、そのまま畳に倒し組み伏せた。

見上げたその顔に先ほどまでの嗜虐的な色はなく、代わりに濁ってとろりと蕩《とろ》けた目が凍華を見下ろしている。

――喉が渇く。

不思議と恐怖は消えていた。ただ、ひたすら喉が渇く。とんでもない飢えが腹の底から込み上げ、喉がごくりと生唾を飲み込んだ。

「もっと、もっともっと、声を聞かせろ」

客の太い指が太ももにかかる。

「そうだ。叫ぶんだ。その声を、その声でもっと」

もはや客がなにを言っているのか分からない。ただ、尋常ならざる状況に混乱したまま凍華は叫んだ。

「嫌ぁぁ！！！」

途端、部屋が青白く光った。

喉が焼けるように渇く。全身の血が冷たく凍りつくほどなのに、羽が生えたと感じるぐらい体が軽い。

それは奇妙な感覚だった。別の人格に身体を乗っ取られたかのようで、まるで夢の中にいるみたいに現実味をまったく感じない。

気づけば、凍華の手が客の喉を掴んでいた。

細い指が太い喉に食い込み、そのまま軽々と客を掴み立ち上がる。腕をめいっぱい掲げれば、客の足は畳を離れ宙にぶらりと浮いた。

「うっ、く、苦しい」

目を白黒させ、唇を震わせながら男は涎《よだれ》を垂らす。

「ば、化け物！　助けてくれ。目が、青く光……」

（なにを言っているの？　助けてほしいのは私のほうなのに。それに目が青いのはもとからで……)

男の言葉を不思議に思いながら、なぜ自分はこんなに冷静なのだろうと頭の片隅で考えた。

でも、そんな考えは喉の渇きにすぐに霧散する。指先にさらに力を込めれば、その部分が青白く光った。

それはもう本能のようなものだった。凍華は口を開け……。

「出たな！　妖!!」

突然、扉が開いてひとりの軍人が部屋に飛び込んできた。

途端、ばらばらだった意識と身体がひとつになり、凍華の手が客の重みに耐え切れず喉から離れる。

夢の中から目覚めたばかりのような感覚に襲われながら足元に視線を落とせば、男が泡を吹き転がっていた。ひっと叫び後ずさりする。

どうして、と思うと同時に、自分が先ほどまで片手でその男を持ち上げていたことも理解していた。ただ、理解はするが気持ちが追いつかない。

「な、なに？　さっきの感覚は……」

自分が自分でないようだった。

月が雲に隠れたので、部屋の中はゆらゆら揺れる行灯の明かりだけ。ずっと感じていた喉の渇きも幾分か治まったようだ。

目にかかるほどの長い黒髪の軍人は、刀を抜くなり斬りかかってきた。

(殺される!)

目を瞑《つむ》ったのに、いつまでも痛みは感じない。その代わり、ヒュッと刀が宙を斬る音が耳のすぐ横で聞こえた。

「ちっ、すばしっこいな。よけたか」

(よけた? 私が刀を?)

そんなことできるはずがない。でも、どこも斬られていないのもまた事実であった。

戸惑っているうちにもう一度、刀が振り下ろされる。

今度は刀筋をしっかりと見てよけた。やけに刀がゆっくり振り下ろされるように感じ、自分自身が驚く速さでそれをよけられたことに、ただただ混乱するばかり。

そうしているうちに、扉の向こうからさらに足音が聞こえてきた。十人ほどだろうか。

その人数に、というより足音だけで数が分かる自分が怖く、凍華は扉から離れるようにさらに窓へと近づく。

下を見れば、なぜか地面がすぐそこにあるような気がし、ほぼ無意識に窓の桟に手をつき窓枠を飛び越えた。ひょい、と階段二段ほどを飛び降りるような感覚で宙に浮かぶと、くるりと一回転して着地をする。

「……私、いったいどうしたの？」

自身の考えが及ばないところで勝手に身体が動くのはなぜか。

飛び降りた窓を見上げれば、「逃げたぞ！」「追え!!」と叫ぶ声が聞こえてきた。

そのとき、窓枠に足をかける男の姿が黒い影のように現れたかと思うと、男はそのまま飛び降り凍華の前に着地した。

土埃《つちぼこり》が舞う中、顔を上げたのはやはり、一番に部屋に乗り込んできた軍人だった。

真っ黒な軍服の肩に付いている二本の白い紐《ひも》は、彼が軍の中でも上位の階級だと示している。胸にはいくつもの勲章があり、相当の手練《てだ》れのようだ。

再び月が顔を覗かせ男の顔を照らした。

すると、長い前髪の下、黒かった目が微《かす》かにだが青みを帯びていく。

「……私と同じ？」

凍華が驚き見つめるその先で再び月明かりが陰ると、青く見えたはずのその目は漆黒へと色を変えた。

細く切れ長な目を眇め、男は刀を構える。

「狭い部屋の中では充分に動けなかったが、ここなら遠慮はいらない。安心しろ、俺はお前を殺すつもりはない」

「あなたはどなたですか」

「妖狩りだ。ずっとお前を探していた。人魚の血を引くお前をな」

（人魚？　妖？　この軍人はなにを言っているの？）

よりいっそう混乱は増していく。ごくりと唾を飲み込むと、崩れ落ちそうになる足を踏ん張りながら凍華は軍人に対し首を振った。

「私は人間です」

「……お前、もしかしてなにも知らないのか？」

「あなたがなにをおっしゃっているのか、まったく分かりません」

声を震わせながら答えれば、軍人は刀を下ろしこそしないものの幾分か力を抜き、改めて凍華を見据えた。

まるで値踏みするかのような視線に、凍華の歯がガタガタと鳴る。

「まさか……半妖か。なるほど。ではもしかして、さっき目覚めたばかりなのか」

「はんよう？　目覚める？」

「歳は？」

なぜこの状況で歳を聞く必要があるのだろうと思いつつ、「十六になりました」と答えれば、軍人は納得したように頷《うなず》いた。

「お前は、人間と妖の混血。そして人魚は十六歳で一人前になると、喰《く》い始めるんだ」

(人魚との混血?)

凍華の眉根が困惑するようにひそめられた。

ただ、『喰い始める』と言われた瞬間、反応するかのように喉がごくりと鳴った。

どうして追われているのか、刀を向けられているのか、人魚とはなにか。

訳が分からないけれど、それらが激しい喉の渇きと関係があると直感した。

「お前から感じる奇妙な妖気の原因は理解した。しかし俺がやることはひとつ！　お前は……」

軍人は再び刀を持つ手に力を入れた。

今度こそよけられない、本能的にそう悟った凍華は気づけば走りだしていた。

どこへ向かっているのか分からない。とにかく走って走って走り続ける。

軍人は追いかけてくるのに、なぜか凍華に追いつかない。付いてくるのが精いっぱいの様子だ。

(こんなに速く走れるなんて、私はいったいどうしてしまったの)

対して凍華は、頭の片隅でそう考える余裕すらあった。

さらにどんなに走っても鼓動は速まらず息切れもしない。永遠に走り続けられる気さえする。

だけれど、土地勘のない道は凍華の行く手を阻《はば》み、思わぬところで行き止まりとなった。

そのたびに庭をつっきり、ときには屋根の上を走る。なぜこんなに高く跳躍できるのかと自分でも不思議になるほど身体が軽い。

しかし慣れぬ土地はやはり不利。土地勘のある軍人との距離は、わずかずつだが縮まってきている。

このままではいつか捕まってしまう、焦《あせ》りながら曲がったその先で、凍華は出会い頭に人とぶつかった。

「きゃぁ！」

転ぶ、と身構えた瞬間、力強い腕に抱きとめられる。

黒緑色の羽織が目の前にあり、頭上から心地いい低音が聞こえてきた。

「ほう、これは珍しい。半妖に会え——!!」

「あ、あの！　助けてください。追われているのです」

顔を上げた凍華の視線の先にいたのは、翡翠色《ひすいいろ》の目を持つ二十歳ほどの背の高い男。

凍華の顔を見た瞬間、男は言葉を途切らせると、驚いたように切れ長の目を大きくした。はっと息を呑む音が聞こえ、次いでまるで愛《いと》おしいものをやっと見つけたかのように視線が緩まる。

銀色に輝く長い髪を夜風になびかせたその男は、人とは思えぬほど整った顔で甘く微笑《ほほえ》んだ。

「お前は……」

ぐっと迫ってくる美しい顔に、凍華はたじろいでしまう。

凍華の青い目を覗き込む顔に覚えはないはずなのに、胸の奥底でわずかになにかが動いた気がした。

でも今は、そんな動揺よりも再び聞く『半妖』という言葉に身が竦《すく》んだ。

凍華は急いで男から身体を離し、距離を開ける。

「あなたもあの軍人の仲間なの？」

その問いに男はすぐに首を振ると、ゆっくりと凍華に手を伸ばした。

「やっと見つけた、俺の花嫁」

「花嫁……？」

自分に向かって差し出された長い指に凍華が怪訝《けげん》に眉根を寄せると、男は「まさか……」と手を宙で止めた。

「俺が分からないのか？　番なら出会った瞬間に……」

「番？」

「……そうか、半妖だから……」

宙に浮いていた指先が、力なくぽとりと下に落ちた。悲しくもつらそうにも見えるその姿に、凍華は敵か味方か判断できずうろたえてしまう。

目の前の綺麗な男は自分を『俺の花嫁』と言うも、会うのはこれが初めて。凍華を探していたように聞こえるが、信用できる理由がない。

なぜそんなに悲痛な表情を浮かべるのか分からないが、胸がズクンと痛んだ。

だけれど、今はこうしている時間はない。逃げよう、そう思い踵《きびす》を返した矢先、通りの向こうから走ってくる軍人の姿が見えた。

軍人は持っていた刀を振り上げると、その切っ先を銀色の髪の男に向ける。

「その女をこっちによこせ、琉葵《るき》」

「また正臣《まさおみ》か。断る」

「なぜ、いつも俺の邪魔をする」

「お前たちが見境なく妖を斬るからだ」

(ふたりは知り合い?)

明らかに険悪な様子に怯《おび》えていると、琉葵と呼ばれた男が凍華をその背にかばい、腰から刀を抜いた。

黒にも緑にも見える刃の色は美しく、発せられる冷たさはこの世のものとは思えない。刀を中心に空気が凍てつくように感じた。

「名前は?」

「わ、私、ですか。と、凍華といいます」

どうやら助けてくれるようだが、男はいったい何者なのか。

「あ、あの。私、以前、お会いしたでしょうか？」

「分からないのなら仕方ない。ただ、やっと見つけた」

「私なんかを、どうして探していたのですか？」

その問いに、琉葵はわずかに後ろを向き凍華と目を合わせた。

「どうして『私なんか』と言うんだ？」

しかしすぐに前を向き、刀を構え直す。

「だ、だって。私はこんな目で。こんな髪で。忌み子で。生きる価値なんてないと言われて。だからこうやってかばってくれるなんて……」

途中から自分でもなにを口走っているのか分からなくなって、声が小さくなる。忌み子の凍華を守る人は今までいなかった。だから軍人相手にかばってもらうほどの価値なんて自分にはないと、戸惑ってしまう。ましてや相手は会ったばかりの男だ。

そんな凍華の頭上に、感情の読めない声が聞こえてきた。

「お前、生きたいか？」

「えっ？」

「生きたいかと聞いているのだ」

唐突な質問に咄嗟《とっさ》に言葉が出てこないのは、『なにをしたいか』なんて楠の家で聞かれたことがなかったから。

虐げられ、我慢して、耐えて、痛みをごまかし、傷つかないように心を殺してやり過ごしてきた凍華は、いつの間にか自分の意思を失っていた。生きたいという人として当然の欲望にさえ答えられないほど、自分自身をないがしろにし、ただ息をひそめ存在し続けたのだ。

「どうしたい」

「……分かりません」

「自分のことなのにか？　考えろ、感じろ。そのために頭も心もあるんだ。価値がないものなんてこの世にない」

冷たい口調なのに、その声は温かく耳に響いた。力強く心に届いた。

反応するかのように凍華の心がことりと動き、それが言葉になる。

「……生きたい」

「聞こえない」

「生きたい！　こんな目も髪も大っ嫌いだけれど、でも、生きたい」

叫ぶように答えれば、琉葵は振り返り切れ長の目を細め頷いた。そして薄い唇で微笑む。

「俺はその海色の目も、柔らかな髪も綺麗だと思う」

「えっ？」

「だから生きろ」

そう言い、改めて琉葵は軍人と向かい合った。しかし、すぐに刀を下にし左手をかざすと、辺り一面に霧が立ち込め始める。

「逃がすか!!」

軍人の叫ぶ声が近くに聞こえるのに、その姿はもう見えない。

やがて、ぐるりと身体が反転したように感じ、激しい眩暈《めまい》に襲われる。なにが起きたか分からず手を宙にさまよわせれば、大きな手がそれを握り凍華を抱きしめた。

「掴まっていろ」

初めて感じる浮遊感と目の前の景色が見えなくなる恐怖に凍華はしがみつき、やがて意識を失った。

目覚めたのは昼過ぎ。部屋に差し込む日差しが明るく、凍華は慌てて身を起こした。

「しまった、寝坊をしたわ。早くしないと叔父さんに殴られ――」

そこまで言ってはたと言葉を止め、周りを見回す。

見慣れない部屋の広さは六畳ほど、隅には文机《ふづくえ》と箪笥《たんす》がひと棹《さお》あり、行灯の火は消えていた。

「……そうだ、私、廓に売られ……その後」

殺されかけたのだと、両腕で自分を抱きしめる。

そこで初めて、肩からかけられていた羽織の質のよさに気づいた。

長襦袢を覆い隠すように着せられた羽織は、綿がしっかり入っていて充分に暖かい。衣紋掛《えもんか》けには橙《だいだい》色地に赤い南天の小紋の着物がかけられており、半幅帯も一緒に置かれていた。これに着替えろというのだろうか。

だけれど、触れるのさえ尻込みするような立派な着物に気後れしてしまう。

「布団も上質なものだわ」

雨香たちが使っているものより綿がギュッと詰まっている。その布団から出て、窓を二寸ほど開け外を覗き見た。

よく手入れされた庭園の真ん中に砂利道が一本。その脇には薄っすら雪を被った松や椿、今はもう花を落としてしまったけれど金木犀《きんもくせい》が植えられ、奥のほうには楠の木が枝を伸ばしていた。

この季節に咲く花はほとんどないけれど、それでも綺麗な庭だった。

ピンと張り詰めた透き通った冬の空気を深く吸い込むと、もう少し眺めていたい気持ちを我慢して窓を閉める。

長襦袢に羽織り姿でいつまでもいるわけにはいかない。凍華はためらいながらも小紋に袖を通し、帯を締めた。

「昨日私を助けてくれたのは、妖？」

妖狩りの正臣が、琉葵と呼んでいた男。

初めて見る綺麗な銀色の髪に翡翠色の目をしていた。それに、触れたものすべてが切れそうな刀と凛《りん》とした佇《たたず》まいは、この世のものではないように感じた。

凍華は、忌々《いまいま》しい青い目とぼさぼさの髪を綺麗だと言われたことを思い出し、髪を摘まんだ。けれど、やっぱりそれは美しく見えない。

でも、少しだけ好きになれたような気がする。

「私は人間ではない。お母さんは人魚だった」

昨日知った事実をひとつずつ反芻《はんすう》し、頑張って呑み込んでいく。

それは苦しいけれど、どこかすとんと腑《ふ》に落ちた。

今まで、人となにか違うと感じていた。その理由が人魚の血を引いていたせいだと分かり、それは衝撃的で信じられないことだったが、納得もできた。

それこそが自分が妖の血を引くせいかもと凍華が自嘲気味に笑うと、障子の向こうから幼い声が聞こえてくる。

「笑っ……よ」

障子には三尺足らずの影がふたつ映っており、それらが小さな手足をひっきりなしに動かしていた。

どうやら覗き見をしているようで、よく見える場所を取り合っている。

やがて障子が少し開き丸い目玉が四つ現れるも、凍華と視線がぶつかると慌てたように障子はぴしゃんと閉まってしまった。

「おいで」

畳に膝をつき手招きすれば、恐る恐ると障子が開き、同じ顔をしたふたりが跳ねるようにして部屋に入ってきた。

「お姉さん、花嫁さん？」

「琉葵様の花嫁さん？」

ふたりはパタパタと小さな足音をさせ走り寄ってくると、先の尖《とが》った耳をピンとさせ興味津々《きょうみしんしん》と凍華を見上げてくる。

(花嫁さん？)

「琉葵様、優しい。妖狩りから妖を守ってほご、する」

「でも、この屋敷に招いたのは花嫁さんが初めて」

わいわいと手を挙げ凍華の周りを走りだすふたりに、どう声をかければよいかと悩んでしまう。「あ、あの、花嫁さんじゃない……」と言いかけたところで、ひとりが凍華の腕を掴んで鼻をつけた。

「花嫁さん、人間の匂いがする」

「半分だけ人間の匂いがする」

もうひとりは背中をクンクンと嗅ぐと、今度は前に回って凍華の顔を覗き込んだ。

「花嫁さん、悪い人？」

「僕たち――〝殺される〟の？」

物騒な言葉が可愛《かわい》い口から出たのに驚き、凍華は思いっきり頭を振る。

「悪い人じゃないし、殺さないわ」

「約束だよ。花嫁さん名前は？」

「凍華。それから、私は花嫁じゃないわ」

「僕、ロン」

「僕、コウ。よろしくね。花嫁さん」

花嫁ではない、ともう一度否定しようとして凍華は息を吐く。

このふたり、どうも聞く気はないようだ。

「えーと、こっちがロンで、こっちがコウね」

凍華がふたりを指差し確認すると、ロンとコウは目を見合わせいたずらっぽく笑い、くるくるとその場で追いかけっこを始めた。

まるで子犬が自分の尻尾を追いかけるように、それぞれが相手の着物の帯を掴みどんどん速さを上げていく。

(目が回りそう)

凍華がくらりとしてきたのを見計らったように、ふたりはピタッと止まり両手を挙げた。

「「どっちがどっちだ?」」

「ええっ!」

ふたりとも、紺地に草模様の着物。子供がつける兵児帯《へこおび》の色も同じ緑で、背丈も一緒。短い銀色の髪から覗く尖った耳はぴくぴくし、足はその場でぱたぱたと足踏みをする。

若葉色の目を細めて笑う顔はそっくりで見分けがつかない。

「えーと、ちょっと待って」

「待たないよ」

「どーちだ」

ぴょんぴょん跳ねる様子は可愛らしいが、これは困ってしまったと眉を下げていると、障子に大きな影が映った。

すっと開いた障子の向こうから現れた琉葵が、コツンコツンとふたりの頭を叩く。

ロンとコウは同時に「痛っ」と叫び頭を撫《な》でる。

「お前たち、起きたら教えに来いと言ったはずだ」

「琉葵様！　花嫁さんと遊んでいたの」

「琉葵様！　どっちがどっちか当てっこしてたの」

はぁ、と琉葵は袂に腕を入れ嘆息すると、言い含めるようにゆっくりと話した。

「俺は凍華に話があるから、お前たちは凛子《りんこ》に食事の用意をするよう伝えてこい」

「「はい！」」

ロンとコウは、分かったとばかりに右手、左手をそれぞれ挙げると、我先にと部屋を出ていった。

背中で跳ねる兵児帯を見送る凍華の前に、琉葵が座り胡坐《あぐら》をかく。

月明かりの下で見たときも整った顔だと思ったけれど、日の差し込む部屋で改めて向かい合うと、息をするのも忘れるほどの美しさだ。

凍華は居住まいを正し、畳に指をついて頭を深く下げた。

「助けていただきありがとうございます。……あの、ここはどこでしょうか？」

火鉢がないのに部屋は暖かい。部屋の作りも庭も特段変わったところがないにもかかわらず、どことなく浮世離れした雰囲気を感じる。

「ここは妖の里。人間たちは自分たちの住まいを『現《うつ》し世《よ》』、ここを『幽《かく》り世』と呼んでいる。こう言うとまったく別の空間にあるようだが、実際は現し世の一角にある場所だ。俺はこの屋敷の主で、琉葵という名の龍《りゅう》の妖。龍、は分かるか？」

「分かりますが……」

実在するなんて考えもしなかった。

でも、自分にだって人魚の血が流れているのだから、なんら不思議ではないと思うことにする。龍がこんなに美しいとは意外だけれど。

「なにを見ている？」

「その……拝見した限り龍らしいところはないので」

「まぁ、そうだろう。敢《あ》えて言うなら」

と、琉葵は銀色の長い髪をかき上げ耳を見せた。それはロンとコウのように先端が尖っている。

「これぐらいだ。それから、あのふたりは名乗っただろうか？」

「はい。聞きました……見分けがつきませんが」

正直に答えれば、琉葵はクツクツと喉を鳴らし笑った。

整いすぎた顔でとっつきにくい人だと感じていた凍華は、その姿に目を丸くしつつ、ほっと胸を撫でおろす。どうやら怖い人ではなさそうだ。

「それで、いくつか質問をしたいのだがいいか」

「私に分かることでしたら、なんでもお答えいたします」

伏し目がちに答えるのは、もはや癖と言っていいだろう。

青い目をことさら嫌う雨香たちに、話すときは目だけではなく頭も下げるよう強く命じられていた。

琉葵はそんな様子にわずかに眉をひそめつつも、痩せ細った身体から察するものがあるのか、そのまま言葉を続けた。

「答えたくないのなら言わなくていい。まず、どうしてあの場で軍人に追われていたんだ」

それを説明するには凍華の育った環境からすべて話す必要がある。

凍華は言葉に詰まりつつ、父親を亡くし叔母に引き取られたこと、母親についてはなにも知らず、従妹《いとこ》の学費のために遊郭に売られ、そこにいきなり妖狩りが現れたことをかいつまんで話した。

かなり端折《はしょ》ったけれど、人と長く話をした経験がない凍華にしては頑張ったし、うまく説明できた、気もする。

しかし、話を聞いた琉葵は腕を組んだまま眉間の皺《しわ》を深くするばかり。

説明が悪かったのかと恐る恐る髪の隙間からその表情を窺《うかが》えば、ばちりと目が合い慌てて頭を下げた。

「まず、顔を上げてくれ。俺は詰問《きつもん》しているつもりはなく、話がしたいだけだ」

「はい」

なんとか畳から額を上げるも、相変わらず背は丸まり、顔は下を向いている。

琉葵は凍華の隣に座り直すと肩と背に手を当て、背筋をぐっと伸ばさせた。

突然触れられ、凍華が驚き顔を上げれば、間近に迫った翡翠色の目が細められた。

「このほうがいい。この家では背を丸めるな。顔を上げろ。話をするときは相手の目を見る。ちなみにこれは命令ではなく、俺の頼みだ」

琉葵が浮かべた笑みは優しく、そんな表情を向けられ慣れていない凍華はうろたえてしまう。

しかも距離が近い。

「か、畏まりました」

真っ赤な顔で答え、恥ずかしさから下を向けば、「顔を上げろ」とまた指摘されてしまった。

「あ、あの。琉葵様、少々離れていただくわけにはいきませんか？」

「これは失礼した。怖い思いをした女性に失礼だったな。不快だったか」

「そ、そのようなことは……ございません」

少々心臓がうるさくなるだけとは言えず口ごもる様子に、琉葵は勘違いしたようですぐにさっきまで座っていた場所に戻った。

「琉葵様はあの軍人とお知り合いなのでしょうか」

「仲良く見えたか？」

「いいえ、ちっとも」

首を振ると、琉葵はまたクックッと笑う。なにがおかしいのかと首を傾《かし》げれば、今度は真面目な表情になった。

「凍華はおどおどして自信なさげなのに、時折はっきり物事を口にするところがいい。それがおそらくお前の持って生まれた本来の性分なのだろう」

「申し訳ありません。私、失礼なことを……」

慌てて頭を下げようとした凍華を、琉葵は軽く首を振って止める。

「言っていない。大丈夫だ。それで質問の答えだが、あいつが捕まえようとしていた妖を助けたことが何度もある」

「私のように、でしょうか」

「そうだ。妖狩りは、妖ならなんでも捕らえ殺す。人間に害をなす妖であれば仕方ないと思えるところもあるが、害をなさない妖を殺す理由はないだろう。あいつらは人でありながら言葉が通じぬゆえ、実力行使をしているまでだ」

「あの……先ほどの現し世と幽り世も含め、よく理解できないのですが、妖は人間の住む世界にいるのですか？　妖狩りとはいったい何者ですか？」

ずっと気になっていた問いを口にすれば、琉葵は「そうか、そこからだな」と顎に指を当てた。どこから話すべきかとしばらく考えると、まずは、と話を切り出す。

「現し世と幽り世は隣り合って存在する。人間はこちら側に来れないが、妖が現し世に行くのは可能だ。かつて人間は、その地位を固め権力を得るのに妖の力を借りていた。もう五百年以上も前の戦の多い時代の話だ。しかし、世の中が泰平となると、今度は圧倒的な力を持つ妖に怯え排除しようとしてきた」

「……初めて聞きました。それはずいぶん、勝手な話のように聞こえます」

「あぁ。ある者は、すでに馴染んだ人間社会の暮らしを続けるためにそのまま人に擬態しこっそりと過ごし、ある者は自分勝手な人間に歯向かった。そんな妖に対抗するために作られたのが妖狩りだ」

当初は圧倒的に妖が優位だったが、組織となった人間は強い。やがて力は拮抗《きっこう》し、そのうち妖狩りの力のほうが大きくなった。

そして、妖は住む場所を追われた。そんな妖がそれぞれの妖力を持ち合い結界を張ってできたのが幽り世である。

その結界作りの要となったのが、龍の妖である琉葵の祖先。代々この辺り一帯を統治している。

しかし、幽り世だけでの生活には不便もある。元は人間と暮らし、衣食住を賄っていたのだ。食はともかく現し世に行かねば手に入らないものだってある。

「妖狩りはその勢いをますます強めている。幽り世は妖の妖力を持ち寄り作ったものだから、妖の数が減れば結界を縮小せざるを得ない。今は初代の半分ほどの大きさだ」

力のある妖の中には、妖狩りを全滅させようと躍起《やっき》になっている者もいるらしいが、琉葵はそれより弱い者を守ることを優先した。

組織となった妖狩りに対抗するのは容易ではないし、目の前の命を助けたいという思いのほうが強かったからだ。

「妖狩りとはずいぶん昔からいたのですね。全然知りませんでした」

「幕府時代も、軍となった今も極秘事項だからな」

軍と聞き、口から出かけた言葉を凍華は呑み込む。

父親が軍の関係者だったと伝えるべきか逡巡《しゅんじゅん》し、しかし書記官だったのだから関係ないだろうと口を噤《つぐ》んだ。

（書記官がそんな機密事項に関わっているはずがないもの）

「どうした？　なにか気になるのか？」

「いいえ。琉葵様はお優しいのですね」

「まさか。ただ自分の目の前で不条理な出来事が行われるのが腹立たしいだけだ」

すっと逸《そ》らした目にわずかに照れくささが浮かんでいるようで、凍華は小さく笑みをこぼした。

昨日から妖だの妖狩りだのと、今までの凍華の常識をひっくり返すような事柄ばかり起きてきたが、人間と変わらない琉葵の表情に肩の力が抜けた気がする。

（では、私を助けてくださったのも、琉葵様にとって特別ではないはず）

どこかほっとしたような、寂しいような気持ちが胸に込み上げ、凍華は戸惑ってしまう。

虐げられ罵られるうちに、感情の殺し方を覚えてしまった。心を閉ざし痛みや苦しさに愚鈍になれば、生きることも少しは簡単に思えたからだ。

それなのに、琉葵の前ではやけに感情が動いてしまう。

これはいけないと、凍華は小さく深呼吸をした。

「では、話を凍華に戻そう。ある程度力のある妖になると、見ただけで相手がどんな妖か分かる。お前には人間と人魚の血が流れている」

「半妖……あの軍人も私のことを人間と妖の混血と言っていました」

「父親からなにか聞いていないか？」

凍華は俯き首を振る。母親が人魚だと父は知っていたのだろうか。

今となってはそれすら分からない。

「そうか、では父親はなにをしていたんだ？」

「軍で書記官の仕事をしていたそうですが、殉職しました」

「軍の書記官が殉職……」

琉葵は袂に腕を入れしばらく思案していたが、やがて「そうか」とか「いや、しかし」と小さく呟《つぶや》いた。

そうこうしているうちに、ロンとコウが食事ができたと大きな声を出しながらやってきた。どたどた、ばたんと賑やかだ。

「お膳を持ってきました」

「味見もしました」

「お前たち、ちょっとは静かにしろ」

琉葵に叱られ、ぴしりと背筋を伸ばすも、その足は止まることなく足踏みをしている。

それがあまりに可愛いらしく、凍華は「ふふ」と笑った。その笑い声にふたりの尖った耳がピンと動く。

「花嫁さんが笑った」

「笑った花嫁さん可愛い」

ふたりの言葉に、今なら、と凍華が勇気を振り絞って琉葵に問いかけた。顔が真っ赤になっているだろうが、このタイミングを逃したら二度と聞けない気がする。

「あ、あの。花嫁って……」

恥ずかしさから俯く凍華の目には、座した膝の上でギュッと握った自分の手しか見えない。とてもではないけれど、琉葵の顔を見ながら尋ねるなんてできなかった。

しばらくの沈黙の後、聞こえてきたのは無邪気な声。

「妖には〝番〟がいる」

「つがい？」

「そう。『花嫁』とか『唯一無二』とも言う。凍華は、どう呼んでほしい？」

いや、問題はそこではない。番について父親から聞いてはいたが、てっきり御伽噺だと思っていた凍華は、顔を上げぷるぷると頭を振る。

「あ、あの。呼び方の問題ではなくて……」

「番もいいけれど、やっぱり花嫁さんのままがいい」

「花のように綺麗だからぴったり。番よりいい」

しかし、ロンとコウは番と花嫁の二択に絞り相談を始めた。唯一無二は言いにくいのでやめたらしい。

「だから、そうではなくて。花嫁とはなんなの？」

はしゃぐロンとコウを止めながら、今度はふたりに問いかけた。

先ほどよりもはっきりと質問できたが、答えたのは琉葵だった。

「妖には花嫁がいる。会えばすぐに分かる。凍華は俺の花嫁だ」

ロンとコウとは違う低い声で断言され、その言葉に驚き琉葵を見れば、熱のこもった視線が返ってきた。

「あ、あの……。でも私は人魚の半妖で……琉葵様は龍ですよね」

「種族は関係ない。だが、人魚の番になるのは昔から龍だけだ」

そう説明されても、困惑してしまう。

やっと妖や妖狩り、幽り世の存在を呑み込んだばかりなのに、今度は花嫁だなんて。

それに、琉葵曰《いわ》く、番は会えば分かるらしいが、凍華は琉葵が自分の番とは思えない。恐れ多すぎる。

（こんな綺麗な人の花嫁が私なんてあり得ない。きっとなにかの間違いだわ）

忌み嫌われる青い目に、みっともないばさばさの髪。とてもではないが、琉葵の隣に立つのにふさわしくない。

考えるほどに自信がなくなり俯きうなだれる凍華に、琉葵はふっと息を吐きその表情を緩めた。

「いろいろ話をしすぎたな。食事にしよう、冷めてしまう」

「琉葵様、優しい」

「花嫁さんには優しい」

再び囃《はや》すようにわいわいとお盆を頭に掲げて走るロンとコウの襟首を、琉葵がむんずと掴み持ち上げた。

凍華はお盆が落ちないかとおろおろするも、ふたりは遊んでもらっているかのようにきゃっきゃと笑う。少なくとも反省はしていない。

「もういいから少し落ち着け。今度騒いだら鱗《うろこ》に戻すぞ」

「「はい!!」」

(鱗に戻す?)

はてと首を傾げる凍華の前に琉葵がロンとコウをひょいと置けば、ふたりはいそいそと食事の用意を始めた。

「すまない。普段はもう少し落ち着いている……気がするのだが」

「いいえ。私こそありがとうございます。食べたらすぐに出ていきます。お手数をおかけいたしました」

「出ていく?」

琉葵が盛大に眉間に皺を寄せ、どかんと凍華の前にしゃがみ込んだ。なにか変なことを口走っただろうか。

「廓に戻りたいのか？」

「そ、それは……」

「凍華が戻らなければ、楠の者は困るだろう。だが、凍華がそこまで義理立てする必要があるのか？」

そう言われても、どうしたらよいものか。命じられるがままに生きてきた凍華は、生きたいとは思うものの、どのように生きるかなんて考えられないのだ。

(でも、考えなくては)

ずっと逆らわず耐えてきた。心を、思考を捨てるのは生きるために必要だったけれど、その捨てたものこそ生きるのに必要なのではないだろうか。

自分がどうしたいか、なにをしたいか。

凍華は、目の前に用意された湯気が立ち昇るお粥《かゆ》に視線を落とす。

こんなふうに温かい食事にありつけるのは何年ぶりだろう。いつの間にか鍋の底のおこげをこそげ取り食べるのが当たり前になっていた。

「……帰りたくありません。でも、私には行く場所がないのです」

「それならここにいたらいい」

「そんな！　助けてもらったうえに、そこまでしていただく理由がございません」

ふるふると首を振る凍華の手を、琉葵は包み込むように握った。

「凍華は疲れている。花嫁の話はひとまず置いておくとして、せめてなにがしたいか考えがまとまるまでいればよい。その間、こいつらの遊び相手をしてくれれば助かる。お前たち、それでよいな」

「「はい！！！」」

今までで一番元気な声が返ってきた。

凍華の胸の中に温かなものが広がっていく。固く閉ざし冷え切った心がふわりと真綿に包まれたようで、いつも張り詰めていた神経が緩んでいった。

「……では、お世話になります」

改めて三つ指をついて頭を下げれば、琉葵は「分かった」と微笑んだ。それから、自分がいてはゆっくり食べられないだろうと立ち上がり、部屋を出ようとしたところで思い出したかのように振り返る。

「凍華、歳は？」

「昨日で十六になりました」

「昨日。しかも満月の夜か。なにか身体に異変はなかったか？」

「異変、ですか？」

そう問われても、昨日起きた出来事すべてがあり得ないことばかりだ。その中で、凍華自身に起きたのは……。

「喉が渇きました」

「喉がか？」

「はい。今まで感じたことのない渇きで、飢えに近く、苦しいまでの渇望でした」

話すだけでもあのときの感覚が蘇《よみがえ》り、凍華は喉に手を当てた。

その様子に琉葵が一瞬厳しい顔をするも、すぐに柔和な笑みを浮かべる。

「今度喉が渇いたら教えてくれ」

「？　……はい」

どうしてそんなふうに言うのだろう。凍華が首を捻《ひね》る中、今度こそ琉葵は立ち去っていった。

一方、ロンとコウはお盆をはさんでちょこんと座り、凍華が食べ始めるのを今か今かと待っている。

その様子にちょっと居心地の悪さを感じつつ、凍華は箸を手にして粥を食した。

「おいしい」

「凛子が作った」

右手がシュッと挙がってひとりが答える。

「凛子さんって誰？」

「掃除してくれる」

今度は左手が挙がる。

「遊んでくれる」

「お風呂に入れてくれる」

「でも、怒ったら怖いんだよ!!」

最後にふたりは顔を見合わせ、頬に手を当てた。

ぷにぷにとした頬がへこみ、唇がくちばしのように尖がるその様が愛らしく、凍華がまた微笑めば、ふたりはさらに喜んだ。

そんなふたりを見つつ、食事を進める。

(凛子さんという方は女中さんかしら？　食事を済ませたらお礼を言って、食器を洗って、他になにか手伝えないか聞いてみよう)

お世話になるのだから少しでも役に立ちたい。大したことはできないけれど、命を助けてもらったお礼と、寝る場所と食事に見合う働きはしようと思う。

自分になにができるかと考えていると、箸を止めた凍華をロンとコウが心配そうに覗き込んできた。

「おいしくない？　嫌いなもの入っていた？」

「いいえ、嫌いなものなんてないわ。ロン」

名前を呼ばれたロンは目をパチパチさせると、次いで阿吽の呼吸のようにコウとくるくる回り始めた。ピタリと止まると期待を込めた目で凍華を見上げてくる。

「ロン、コウ、お返事をして」

「『はい』」

同時に挙がる右手と左手に凍華は笑いをこらえながら、「こっちがロンであなたがコウね」と言えば、ふたりともこぼれそうなほど目を見開いた。

「『花嫁さんすごい!!』」

わーい、と喜んで飛び跳ねるふたり。

（私は花嫁さんじゃないのだけれど……）

琉葵は凍華が花嫁だと断言した。そのときの熱のこもった目を思い出すと、知らずに頬が熱くなる。

虐げられ蔑まれた自分を、花嫁だなんて言ってくれる人が現れるとは考えたこともなかった。優しい眼差《まなざ》しや気遣いは嬉《うれ》しいし、整いすぎた顔は胸の鼓動を速くさせる。

でも、だからこそ自分が花嫁だなんて到底信じられなくて、凍華ははしゃぐふたりを前に困ったように笑うしかなかった。

やっとふたりが落ち着いたところで再び箸を動かす。食べた粥は、腹だけでなくなんだか胸までも温かくする。

丁寧に粥を口に運ぶ凍華をしばらく眺めていたロンとコウだが、しっかりと食べる姿に安心したのか飽きたのか、縁側に出て走り始めた。

バタバタ、時折転ぶバタンという音を聞きながら口に含んだ里芋の煮つけは、ふわりと柔らかく甘い。

(こんなふうに穏やかな食事をするのはいつぶりかしら)

半年? 一年? いや、もっと昔のような気がする。

ゆっくりと穏やかな食事に身体からゆるゆると力が抜け、食べ物の味がはっきりと分かる。

(私、ずっとこうして食事をしたかったんだ)

現し世で叶わなかった願いが妖の屋敷で叶うなんて、不思議な気持ちだ。

目の前の景色が少し滲むのを袖で拭き、凍華は食事を続けた。

届かぬ思い

琉葵が自室に戻りひと息つくと、襖が開き白い割烹着《かっぽうぎ》姿の凛子がお茶を持ってきた。

ロンとコウは琉葵が自身の鱗から作った妖だが、凛子は琉葵と同じ龍の血を引く。

しかし、琉葵が代々龍一族の長《おさ》の血筋であるのに対し、凛子はその傍系。乳母や女中として仕えていた。

「花嫁様の様子はどうでしたか？」

その問いに琉葵の眉がピクリと上がる。

「花嫁ではなく凍華と呼ぶよう命じたはずだ」

「どうしてでございますか？　琉葵様が女性をこの家に連れてくるなんて初めてのこと。しかもそれが、花嫁様だなんて。ばあやはどれほどこのときを待っていたか」

凛子は割烹着の裾を目頭に当て、おいおいと泣き真似をする。

その様子に琉葵は呆《あき》れるように眉間を揉んだ。

早く嫁を、後継を、それを見届けるまで死ねませんとせっつかれ数年経《た》つが、まったく死ぬ気配はない。しかも、凛子は二十代の女性の姿をしており、ばあやという言葉がなんともちぐはぐだ。

「化けるにもほどがあるだろう」

「なにかおっしゃいました？」

「いや、なにも」

妖の力は、使い方によっては容姿を変えることもできる。

とはいえ、普通は髪や目の色を変えるぐらいなので、ほぼ独学で容姿を変化させる術を身につけた凛子の努力は並々ならぬものだろう。それが分かっているので、琉葵もそれ以上はなにも言わない。言ってはいけない。

「それにしてもずいぶん痩せていらっしゃいましたね。人間を見るのは久方ぶりですが、もっとふっくらとしていたように思うのですが」

そこは琉葵も不自然に感じていた。琉葵は凍華の生い立ちを簡単に凛子に話すと、パンパンと手を鳴らす。

すると、トタトタ、ドタドタと元気な足音がし、駒を手に持ったロンとコウが現れた。

「花嫁さん、僕が分かったよ！」

「左手が僕だって。左ってどっち？」

ワイワイと賑やかに話し続けるふたりを、琉葵が手を上下に振り宥《なだ》める。しかし、見分けてもらったのが嬉しいのか、ふたりはなかなか口を閉じない。

「おい！　黙れ。ただの鱗に戻すぞ」

「「ひゃ！」」

ふたりがぴしゃんと正座をすると、琉葵は脇息に肘をつき鋭く細めた翡翠色の目を向けた。

「ロン、凍華の実家に行き、叔父夫婦がどんな人物か、どのように育ち廓に来たのか調べろ」

「とうか？」

「花嫁様のことよ」

首を傾げるロンに、凛子がわざと琉葵に聞こえるよう耳打ちする。

琉葵のこめかみがピクピクと動くのを見て、凛子は袖で口元を隠し笑った。

凍華を混乱させないためにも、花嫁については落ち着いてからきちんと話すつもりだった琉葵だが、こうなっては諦めるしかない。

「コウは凍華の父親について調べろ。軍に忍び込まねばならないゆえ、気をつけるように」

「はい！」

「なんだかコウのほうが難しそう。ずるい」

不満そうに口を尖らせるロンの銀色の髪を、琉葵がくしゃりと撫でた。

「それならロン、従妹の雨香についても探ってきてくれ。なにか変わった様子があればすぐに知らせろ」

「「はい！」」

ふたりは左右の手を挙げくるりと一回転すると、そのまま姿を消した。

やっと静かになったとひと息つくも、凛子がにこにこ微笑んだまま立ち去ろうとしない。それどころか居心地悪く茶を飲む琉葵を横目に、自分のぶんの茶とお茶請けの煎餅までどこからともなく出してきた。どうやら長居をするつもりらしい。

「ロンとコウを使うなんて、花嫁様を見つけた妖はずいぶんと心配性になるのですね」

「くどい」

「これでこの屋敷も華やかになります」

凛子は、ほほほ、と楽しそうに笑う。

「………」

完全にからかわれているが、幼いときから世話になっているせいで言い返せない。

それよりも、と体裁を取り繕うように琉葵は空咳《からぜき》をひとつし、いつもより低い声を出した。

「凍華が半妖なのはロンとコウから聞いたな」

「はい。ふたりの話では気立てのよいお嬢さんのようでほっとしております。痩せていらっしゃいますが、そこはわたくしにお任せください。ひと月後には健康的なお身体になっておられましょう」

凛子は胸をポンと叩くと、「着物や簪《かんざし》も用意しなくては」と楽しそうに続ける。

だけれど、花嫁を見つけたわりには琉葵の表情が暗いことに気づき、心配そうに眉を下げた。

「なにか問題でもございましたか？」

「凍華は俺が番だと分かっていない」

「えっ？」

「半妖だからだろう。本来なら会ってすぐに分かるはずだが、凍華は俺を見てもなにも感じなかったようだ」

目を伏せた琉葵の顔に影がかかる。

会った瞬間に感じた、あの魂の片割れを見つけた歓喜と身体が満たされるような充足感。本来ならそれらを共有できるはずなのに、琉葵の視線に凍華はおろおろするばかりだった。

まるで番であることを否定されたようで、喜びに満ちた胸が凍りついたように痛い。

琉葵は自分の胸に手を当て、つらそうに息を吐いた。

「それは、なんと申し上げてよいか……」

「今は自分が半妖だと受け止めるのに精いっぱいだろう。時間をかけ心を通わせれば、俺を番だと認めるはずだ。それにはまず、信頼を得るところから始める。焦る必要はない」

最後の言葉は自分に言い聞かせるかのように小さかった。琉葵は湯飲みを持ち、お茶を口に含む。

「ずいぶんな痩せ我慢ですね」

「なにか言ったか」

「いえ、なにも」

凛子は首を振り、同じように湯飲みに手を伸ばしひと口飲んだ。そして琉葵を励ますかのように明るい声を出す。

「ですが、花嫁様に変わりはありません。祝言は後日にするとしても、めでたいことです」

にこにこと笑う凛子に、琉葵は小さく首を振った。

「話はそれで終わりではない。凍華は人魚の血を引いている」

その言葉に凛子は飛び上がらんばかりに驚き、持っていた湯飲みを落としそうになった。

「に、人魚ですか⁉ 確かに、人魚の番は昔から龍と決まっていましたが……ですが人魚はもう絶滅したとばかり思っていました」

妖の中でも人魚は特殊な存在。妖力はさほど強くないが、〝ある状況〟において敵はいない。

そんな人魚の番となるのは、同じく水と縁が深い妖の中で最も妖力が高い龍のみ。

人魚特有の能力を子に引き継ぐためには、相性がよく、高い妖力を持つ番が必要だから——というのが有力な説だ。

その一方で龍の番は人魚と決まっていないので、凛子が驚くのも無理はない。

「間違いない。会った瞬間に分かった」

琉葵の言葉に凛子はさっと青ざめた。

「……花嫁様は今おいくつなのですか？」

「昨晩十六になった。まだ自分の能力がなにかも分かっていないようだ」

凛子は居住まいを正すと、真剣な目を琉葵に向けた。部屋の空気がピンと張り詰める。

「琉葵様。それでも、危険です。もし妖の力が目覚めればどうなります？　人魚は、人間、妖を問わず、男を惑わし喰らうのですよ」

それこそが、人魚が妖の中でも特殊だとされる理由。

番以外の男は人魚にとって食料でしかなく、美しい声で惑わせ水辺に引き込み、唇を通してその魂を飲み込む。相手がどれほど強い妖力を持っていようとも、番以外の男は人魚に惑わされ喰われてしまうのだ。

「花嫁様が琉葵様を番と認識されているのであれば問題ないでしょう。男を喰らうといっても、番は例外でございますからね。ですが、半妖の凍華さんには番が分からない。誤って琉葵様を食べる可能性だってございますよね？」

「まぁ、それは否定できない」

「このまま花嫁様を屋敷に留めるのは琉葵様のお命に関わります。他の場所に住まわせ、通いながら様子を伺うのでは駄目なのですか？」

凛子だって、花嫁が見つかったことは嬉しい。半妖ゆえ琉葵が番と分からなかったとしても、一緒に暮らすうちに理解できるかもしれないと賛成しただろう。

だけれど、人魚となっては話は別だ。もし、琉葵のことを番だと認識できないまま妖の力に目覚めれば、琉葵を惑わし喰らってしまうかもしれない。

「手放せとは言いません。ですが、一緒に暮らすのはあまりにも危険です」

心配そうに詰め寄る凛子に、琉葵は首を振った。

「人魚の力をどこまで有しているか分からぬゆえ、しばらく手元に置いて様子を見る。少なくとも、今凍華は人魚の力に目覚めていないのだから問題ない」

うっ、と凛子が言葉に詰まる。

琉葵が凍華を手放さない気持ちは理解できる。番を見つけた妖は、一時たりともそばを離れたくないものだ。

だけれど、幼いときから琉葵を見守ってきた凛子としては、はいそうですか、と頷けないところでもある。

凛子の考えが分かっているのだろう。琉葵は「それに」と言葉を続けた。

「花嫁がそばにいれば俺の妖力が増す。これは、凍華が俺を番だと認識するかどうかにかかわらずだ。まだ実感はないが、お前も結界を維持するための妖力が枯渇してきているのに気づいているだろう」

「……はい。妖の数が減り、年々琉葵様の負担が増えているのは存じております」

「妖の数を増やすのが難しいなら、俺の妖力を増《ま》せばよい。そのためにも凍華は必要な存在なんだ」

結界を維持するには、多くの妖力を必要とする。

ロンやコウは琉葵が作り出した妖なので結界維持には役に立たないし、凛子は傍系ゆえそれほど妖力は強くない。今、結界維持に必要な妖力の大半を琉葵はひとりで賄っていた。

「分かりました。琉葵様がそこまでおっしゃるなら、引き続き花嫁様として暮らしていただきましょう」

「ああ、そうしてくれ」

「妖狩りのせいで、妖の数は減る一方です。花嫁様がおられることで琉葵様の妖力が高まるならこれは僥倖《ぎょうこう》とも考えられます。あやつらを一掃するのも可能かもしれません」

組織となった妖狩りの勢力は、この数百年増すばかり。その要因がたった一人の男だということは、ほとんど知られていないが。

琉葵は凛子の言葉に是とも非とも言わず、冷めたお茶を飲み干した。これでこの話はおしまいのようだ。

凛子は小さく嘆息すると、もう一度凍華のいる部屋へ視線をやる。

「それにしても、養女として引き取っておきながら人ならざる扱いをし、あげくの果てには女衒に売るなど、ひどい話ですね」

眉間に皺が寄せられる。一緒に暮らすのを反対したのは琉葵を思ってのことで、凍華を拒んでいるわけではない。むしろ、その人柄には好意的だ。

「それについてだが、いずれお前の力を借りるやも知れん」

「喰いましょうか？」

「やめておけ。腹を壊すぞ」

「ふふふ、そうですね」

凛子は笑った後でにんまりと目を細め、意味ありげな視線を琉葵に向けた。

「なにが言いたい？」

「いいえ。ただ、やはり番を見つけた妖は変わるものだなと感慨深くて。普段は淡白な琉葵様が危険を冒してまで人魚をそばに置かれるなんて。それでいて、花嫁様を想い必死で自分を抑えていらっしゃる。でも、それでよろしいのですか？」

「時間をかけるとは言ったが、俺は凍華を逃がすつもりはない」

初めて琉葵が見せた独占欲に、凛子はこんな顔もするのだとさらに笑みを深くした。

その様子に少々居心地の悪さを感じた琉葵が立ち上がる。

「もう行かれるのですか？」

「善は急げというだろう。明け方までには戻る。それから、花嫁ではなく凍華と呼ぶようロンとコウにも言っておけ」

「はいはい」

ぼりぼりと煎餅を頬張りだした凛子に、琉葵は眉間を揉みながら息を吐き、そして姿を消した。

その場に残るは凛子のみ。

「ロンとコウは琉葵様の心そのもの。そのふたりがあんなに楽しそうに花嫁様にべったりだというのに、本体は我慢強いというか。ふふ、なんだか面白くなりそう、長生きはするものだわ」

——ぼりぼり、ばりん。

楽しそうに煎餅を食べる音が部屋に響くも、それもやがてすっと消えた。

新しい生活

幽り世に来て二週間が経ち、凍華は暇を持て余していた。

凛子からはその細い身体をいたく心配され、毎食、雑炊や柔らかく炊いたごはん、ほくほくとした野菜の煮物に魚と、消化のいい食事が品数多く用意された。

もともと食の細い凍華は、残しては失礼だと頑張って完食し、食事の後は仕事をして身体を動かそうとするのだけれど、なぜかロンとコウが寝かしつけに来る。

ふたり一緒のときもあれば、用があるからとひとりだけのときもある。

子供がしなければいけない用事とはなんだろうと気になり聞くも、それに関してはふたりとも口が堅かった。

食べて寝ては牛になると言っても、「凍華はもっと肉を付けなきゃ」とごろごろするのを強いられる。

(太らせて、食べようというわけではないわよね?)

凛子を疑っているわけではないけれど、この二週間でずいぶん肉付きがよくなったのも事実だ。

食後には薬草臭いお茶も出てくるが、あれはいったいなんだろうと少し怖い。

今だって、ロンとコウに布団をかけられ、小さな手でポンポンと寝るよう叩かれている。

立場が逆だとしか思えないし、いつも先に眠るのはロンとコウだ。

今日も「一緒に寝る?」と聞くと、待っていましたとばかりにふたりは布団に入ってきた。凍華の身体は冷たくてよい匂いがすると、頬を擦り寄せ匂いを嗅いでくる。

（銀色の髪がさらさらして心地よいし、ふたりからは陽だまりのような匂いがするわ）

やがて規則的な寝息が左右から聞こえてきて、それにつられるように凍華もまどろむのであった。


「凛子さん、ここに機織り機はありますか?」

食べ終えた昼食の膳を台所にいる凛子に渡しながら、凍華は尋ねた。

このまま ぐうたら生活をするわけにはいかないし、お世話になっているお礼もしたい。しかし、台所仕事はおろか掃除洗濯もさせてもらえない。楠の家では作った生糸で機織りもさせられていたので、せめてなにか織ろうと考えたのだが。

「ごめんなさい。私たちは人間ほど器用ではないから、そういう物はここにないの。あるとしたら……」

そうだ、と手をポンと打つと、凛子は廊下の向こうに消え、間もなく組紐の織機を手にして戻ってきた。

「知り合いの妖から譲ってもらったもので、ずいぶんと古いのですが」

ちょっと眉を下げる凛子から渡されたのは、年季の入った組紐織機。埃を被ってはいるものの、壊れてはいないようだ。

琉葵から、かつて妖は人間と共存していたと聞いたので、そのときのものだろう。

「お借りします。糸はありますでしょうか？」

「それでしたら、この前、琉葵様が人間から買ってきてくれたのが残っています」

凛子は「待っていて」と言うと、今度は裁縫箱を抱え戻ってきた。

「琉葵様はよく現し世に行かれるのですか？」

そういえば姿を見ないときが多いと気になって聞けば、琉葵様はなにも伝えていないのかと凛子は少し吊り上がった眦《まなじり》をさらに上げた。

「昔から言葉足らずなところがありますからね。後で叱っておきましょう。琉葵様は離れの部屋で薬を作り、人間の里で店を出している妖に届けているのです。人間に交じって暮らす妖は少なくありませんし、人間よりは丈夫ですが、薬を必要とする場合もあります。ただ、人間の薬は私たちには効かないので」

その『薬が必要なとき』とは妖狩りに傷を負わされたときも含む。

妖狩りから妖を保護し、ときには助け、薬を届けているらしい。

（そうやって琉葵様は仲間を守っているのね）

琉葵の先祖が妖狩りを滅そうと幾度も刃《やいば》を交わした話は、ロンとコウから聞いていた。ただ、今は結界を張り続けることに妖力を使っているので、真向勝負は避けているそうだ。

「それでお忙しいのですね。では、裁縫箱をお借りします」

凍華が頭を下げると、凛子は「好きなだけ使っていいですからね」と手を振って台所仕事に戻っていった。

凍華は組紐織機と裁縫箱を抱え部屋に戻ると、早速組紐を作る準備を始めた。

裁縫箱から糸を出し色別に並べたところで、ロンとコウがやってくる。ふたりは組紐織機に糸をかける凍華の姿を、額を突き合わせ興味深そうに覗き込んだ。

凍華はそんなふたりに頬を緩めつつ、赤と緑の糸を編んでいく。

「ここをこうしてね、こう」と教えれば、ふたりはどんどん前のめりになった。

「やる」

「僕もやる」

案の定、小さな手が我先にと伸びてきた。

その指に糸を持たせ、背後から手を取るように編ませれば、「わぁ」「きゃぁ」と楽しそうに糸を交差させ始める。

なにかを作るのが初めてのようで、ふたりは競い合うように手を動かす。慣れたところで手を添えるのをやめ、凍華はふたりの間に腰を降ろした。

すると、ロンとコウがじっと凍華を見てくる。

琉葵に言われ顔を上げて過ごすようにしてはいるが、視線を向けられるのはやはり苦手だ。

「私の目、やっぱりおかしい？」

妖の目の色はさまざまだ。琉葵は翡翠色だし凛子は萌黄色《もえぎいろ》だから、青色だって珍しくないだろうと思うも、顔を見られると目を伏せてしまう。

「違う違う、凍華、元気になってきた」

「元気？」

もともと病気ではなかったけれど、と首を傾げれば、コウが凍華の頬をぷにっと摘まんだ。

小さな手でムニュムニュと揉まれると、なんだか心がほっこりする。

「顔色よくなった。ほっぺもちょっと摘める」

「ずるい、僕もする、僕も」

負けじとロンが膝によじ登れば、コウが凍華にしがみつく。ふわふわの髪が頬に触れ、くすぐったい。

そのとき、突然心地よい低音が聞こえた。

「おい、お前たちなにをやっているんだ」

えっ、と三人揃《そろ》って振り返ると、腕を組んだ琉葵が柱にもたれるようにして立っていた。

慌てて座り直す凍華をよそに、ロンとコウは左右からまだ頬をぷにぷにとつついている。

「琉葵様、凍華ふっくらした」

「ほっぺ、柔らかい」

(それは、太ったという意味かしら)

琉葵の前で肉付きについて言われ、頬が赤くなり俯いてしまう。

食べて寝てのだらしない生活を知られるようで恥ずかしく、頬を隠したいのにふたりには手を離す様子がない。

「琉葵様も触る?」

「そうだな」

「えっ!?」

聞き間違いかと顔を上げれば、大きな手が伸び凍華の頬に当てられた。

ロンやコウのように引っ張ることはないその手は、優しく頬を包む。

「少しは元気になったようだな。顔色もいい。だが、まだ健康的とは言えない身体だ。今夜からは食事の品数をあと数品増やすか」

「そ、そんな、これ以上は不要でございます。命を助けていただいたうえに、寝るところや着物まで用意していただき、ありがとうございます」

指をついて頭を下げれば、琉葵はいつぞやのように凍華の前に座り胡坐をかいた。

「助けたからには放っておけない。それより、ずっとこの部屋にいるのも息苦しいだろう。今から裏山に出かけるが一緒に来ないか」

「私……外に出てもいいのですか？」

叔父たちの許可なく外出をした経験がない凍華は、当惑するように視線を揺らす。

寝て食べてを強いられていたのもあるが、外に出るという考えそのものがなかった。

凍華の反応に、琉葵はわずかに眉間に力を入れる。

「今まで、外を歩くのにいちいち許可をとっていたのか？」

「そ、それは……、私はこの目の色ですから仕方ありません。近所の人に顔を見られないよう外に出るときはいつも頬被りをしておりました。出かけるのは用を言われたときだけです」

許可を取るのではない、用を命じられたときだけ外に出られるのだ。

その答えを聞いた琉葵の眉間の皺が、さらに深くなる。

明らかに怒りを孕《はら》んだ目に、凍華は反射的に身を竦めた。楠の家にいた頃から怒りの感情には敏感になっている。

そんな凍華の様子に、琉葵は困ったように頬をかき、幾分か普段より穏やかな声を出した。

「分かった。それならなおさら出かけよう。山は俺の持ち物だから好きに歩けばよい」

琉葵は立ち上がると、衣紋掛けにかかっていた羽織を凍華に手渡す。

濃い赤色の羽織は初めてここに来たときに長襦袢の上に羽織らされていたもので、屋敷の中が暖かいから今までかけたままになっていた。

着物は数着用意されていて、今着ているのは淡い水色の地に黄色い水仙の柄が裾に入っている。小紋とはいえ立派な品で、山を歩けば汚れるかもしれない。

「あの、山歩きですと着物を汚すかもしれません。もっと使い込まれた古い物はありませんでしょうか」

「ない」

即答だった。「でも、凛子さんの仕事用の着物とか……」とおずおず問うも、琉葵はあっさりと首を横に振る。

「汚れなど気にする必要はない。それより、羽織だけでは寒いな。肩掛けも持っていくか」

琉葵がロンとコウに肩掛けと履物を玄関に用意するよう伝えると、ふたりは先を競いながら走っていった。

続いて玄関に向かえば、可愛らしい雪下駄がすでに用意されており、コウの手には桃色の肩掛けがある。どちらも山歩きにふさわしいとは思えない高価なもので、凍華は本当に自分が使ってもいいのかと戸惑ってしまう。

「あ、あの。これ……」

「凍華のものだ。気に入らないか？」

「そんなことございません。むしろ私なんかが使ってよいのかとためらうほどです」

「それなら気にせず使え。できれば日が暮れるまでに帰ってきたいから急ごう」

琉葵は草履を履くと玄関扉を開けた。

屋敷の中とは違う冷たい冷気が頬を撫で、凍華はコウから受け取った肩掛けをしっかりと羽織る。寒いからではなく、風で飛ばされないためにだ。

窓越しに眺める限り現し世と変わらないように見えた庭は、出てみても特段変わったところはない。

ただ、これほど広く立派な庭を初めて見る凍華は、圧倒されつつ周りを見渡した。

冬場だから彩《いろどり》は少ないけれど、落ち着いた佇まいの庭は立派なのにどこか心が落ち着く。

琉葵は表門へと続く砂利道ではなく、裏庭へと向かう少し細い道を進む。

その後ろをついていくと、間もなく裏木戸と、さらに向こうに小さな山が見えた。

丘と呼ぶには大きいが、頂が雲に届くほどではない。頂上まで半刻ほどだろうか。

裏木戸は竹を横に連ねたもので、開ければギギッと鈍い音がした。その先に続くうねうねとした道が山の方へと伸びており、しばらく歩くうちにそれが傾斜へと変わっていく。

足元は踏み固められた土で、斜面が急な箇所は階段になっていて、ところどころに木の手すりもついている。

見上げれば葉を落とした枝が寒々しく、その絡まる枝の間から青い空が見えた。

琉葵の歩く速度はゆっくりで、凍華が時折足元の植物に目を止めれば、その名を教えてくれた。詳しいのは薬を作っているからだろうか。

そうやって歩いていると、道に石が交じり足元が悪くなってきた。

裾を汚さないようにと気を使って歩いていた凍華の前に、手が差し出される。けれど、それがどういう意味か凍華には分からない。節くれだった長い指が綺麗だと見ていると。

「掴まれ、という意味だ。ここからさらに歩きにくくなる」

呆れ口調で言われ、跳ねるように顔を上げた凍華はとんでもないと首を振る。

琉葵はそんな凍華にさらにため息をつくと、少し強引に手を握った。

凍華の荒れた手に、わずかに琉葵の眉根が寄る。

「渡した軟膏《なんこう》を塗っていないのか？　それとも半妖だから効きが悪いのだろうか」

「いいえ、ずいぶんと治りました。大事に少しずつ使っております」

幽り世に来てすぐに軟膏を渡された。今なら琉葵が作ったものだと分かる。

見るからに高価そうなそれを、大事に大事に少しずつ使っていた凍華だったのだけれど。

「薬は決まった量を使うから効くんだ。なくなればまた作るからきちんと使え」

「……はい。すみません」

きゅっと首を竦め頭を下げる凍華に、琉葵は小さく首を振る。

「責めているのでない、心配しているのだ」

「心配……」

その言葉を、まるで初めて聞いたかのように凍華は口の中で転がした。

擦り傷はもちろん、打たれてできた青あざでさえ、誰も気には留めてくれなかった。

心配してくれる人がいることが、こんなにも心強いなんて。

それと同時に、このまま甘えていいものかとためらってしまう。

ずいぶんと山の中を歩いてきたが、花や生い茂る草木も、知っているものと少し違った。茎の太さだとか葉の色とか微妙な差なのだが、その違いがやはりここが幽り世なのだと凍華に思わせた。

（私は本当にここにいていいのかしら）

自分の手を引いてくれる大きな手を見ながら、凍華は考える。

人間でも妖でもない中途半端な存在の自分は、どこにいてもしっくりこないのではないかと不安が胸に込み上げてきた。

それと同時に感じるのは、繫《つな》がれる手のぬくもり。

（こうして手を引いてもらい歩くのは、子供の頃以来ね）

朧げな記憶の端に父親の大きな手が浮かぶが、ぬくもりも強さも思い出せない。

長年、凍華を助ける者はいなかった。夏の暑さに倒れても、過労でふらふらになっても、お腹を空かせても、手をあかぎれだらけにしても、誰も凍華を気にかけない。

それどころか罵倒され、休むのさえ許されなかった。

人として扱われてこなかった十年は、凍華の心を閉ざし痛みと悲しみに愚鈍にさせた。けれど幽り世に来てからは、気遣われ心配され、こうやって手も引いてもらえる。

（皮肉なものね。真っ当な人間でなく、妖の血が交じると知って初めて人として扱われるなんて）

琉葵がなにも話さず黙々と歩くものだから、そんな余計なことばかりが頭に浮かんでくる。

これではいけないと凍華は頭を振り、前を歩く背中についていくのに意識を集中させた。そうしないと、視界が涙で歪みそうだったから。

頂上が近づくにつれ傾斜はますます急になり、木の根が地面に張り出しさらに歩きにくくなった。琉葵が時折振り返り「大丈夫か」と聞いてくれるたびに、心が温かくなる。

この辺りは常緑樹が多く、頭上に繁《しげ》る木々の葉が空をすっかり隠してしまい、道は少し薄暗い。

湿った土で着物が汚れないよう気をつけながら歩いていくと、突然、木々が開け明るくなった。

「……うわっ。綺麗」

山の頂はなだらかな原っぱになっていて、眼下には里が広がっていた。

思わず琉葵の手を離し、小走りで山際まで走り眺める。

四方を山に囲まれた隠し里のようなその場所は、冬の寒い空気の中ひっそりとそこにあった。

大小さまざまな家が並び、その間に小さな畑や畦道《あぜみち》が見えた。流れる川を目で辿れば、遥か山の向こうまで続いている。

「もっと自然が多いところかと思っていました。なんと言いますか、こう……」

「人里と変わらないか？」

その感想が失礼なのか分からず曖昧に頷けば、琉葵は袂に手を入れ組んだまま口の端だけ上げ、ふっと小さな声を出した。

「見た目はそうかもしれないな。昔はこのような妖の里がいくつかあったらしい。地を駆ける妖が住む里は鬼が、空の妖は烏《からす》、水にまつわる妖は龍が治めていたと聞いた」

「他の妖はどうしているのですか」

「分からぬ。妖狩りを全滅させるべく暗躍しているだの、もう血が途絶えただの、噂《うわさ》ばかりが耳に入ってくるが真実はどうなのか」

散り散りになった妖の消息は調べようがない。妖狩りから姿を隠しているのならなおさらだ。

「……私以外に人魚はいるのでしょうか？」

期待半分不安半分で聞けば、琉葵は少し戸惑うそぶりを見せた後、首を振った。

「人魚の血は途絶えたと聞いていた」

「血が途絶えた……」

その言葉の重みが凍華の肩にずしりとのしかかる。

半妖というだけでも稀有《けう》な存在なのに、片方の血である人魚はもういないのだ。

「寂しいか？」

「……はい。根なし草のようになった気分です」

「龍も俺と凛子だけだ。凛子はあれでもうかなり高齢だし傍系ゆえ妖力は強くない。俺が死ねばこの里も維持できないだろう」

凍華は、はっと目を見開き琉葵を見上げた。

琉葵がじっと見つめるその先にあるのは、守るべき妖が住む里。

(だから琉葵様は自分の血を残してくれる花嫁を探しているんだ)

腑に落ちると共に、少し寂しくなった。

それなら、自分でなくても誰でもよかったのではないだろうかという考えがどうしても浮かんでしまう。

琉葵だけでなくロンやコウ、凛子も凍華が花嫁だと言うけれど、自分にそんな価値があるとはどうしても思えない。

俯いた凍華の頬に直接風が当たる。その風に誘われるように空を仰げば、冬の弱い日差しが顔を照らした。肌寒いけれど、微かに暖かさを感じる。

「太陽の下に素顔をさらすのは、気持ちがいいものですね」

ぼそりと言葉をこぼしながら眩しそうに目を細める凍華の姿に、翡翠色の瞳が揺れた。

すっと手を伸ばし、風がかき上げた髪を琉葵が耳にかけると、凍華は弾けるように目を丸くし、その双眸《そうぼう》をパチパチとさせる。頬は見る間に朱に染まった。

そんな凍華の様子に、琉葵は頬を緩める。

「顔を隠すように命じられていたのだったな」

「……はい。私の目はみっともないですから」

「俺は、美しいと思う」

その言葉に凍華は息を呑み、今度は首まで真っ赤になった。汚《けが》らわしい、忌み子だと苛《さいな》まれ続けた目を『美しい』と言われ、ただただ混乱してしまう。

俯き赤い頬を手で覆いながら、消えそうな声をなんとか絞り出した。

「……家族からは気味悪がられていました」

「あやつらは家族ではない」

ピシャッと断言するその口調の強さに反射的に身を竦めれば、琉葵は困ったように首を振った。

「凍華に怒っているわけではない。俺はお前と一緒に住んでいたあの人間たちに腹を立てているのだ。凍華は、俺が少し口調を強めただけで身を縮める。それは、なにかにつけ罵られ殴られてきたからなのだろう。だが、俺は凍華を決して殴らない。信じてほしい」

「信じています！　琉葵様はお優しいです。ロンとコウも、凛子さんも。私に人間の血が流れていても、皆、親切にしてくれます」

勘違いさせてしまったと、凍華は勢いよく首を振る。幽り世に来てからは下ろしている髪が肩で跳ねた。

身を竦めてしまうのは身体に染み付いた癖で、琉葵が殴るなんてこれっぽっちも思っていない。

どうしたらこの気持ちが伝わるだろうかと考えるも、自分の意思を乗せた言葉を口にする機会がほとんどなかった凍華の喉はギュッと締まってしまう。

そんな凍華を宥めるように、琉葵がそっと肩を撫でた。

「それならよかった。人間は自分たちと違う存在を排除したがる。分からないのが恐ろしいのだろう。妖は『妖』とひとくくりにされるが、実態はさまざまだ。姿、声、能力なにもかも違う。だからそのものの本質を見る。そして、己に害をなすかを考えるんだ。凛子たちに受け入れられたなら、それは凍華のことを信頼できると思ったからだ」

「私が半妖なのにですか」

「信頼するのに人間も妖も半妖も関係ない。凍華は主人の俺よりよっぽど好かれている」

「そんなこと……」

ない、と言いたかったのに言葉が詰まり、代わりに視界が揺らいだ。

次の瞬間には涙がポロポロと頬を伝う。急いで手の甲でぬぐうも、止まってくれない。

涙を流したのは何年ぶりだろうか。

叔母の家にもらわれたばかりの頃はいつも泣いていた。悲しくて、つらくて、寂しくて。

でも、そのたびに『うるさい』と殴られ、次第に泣くのを忘れた。

「そんな言葉、誰も……」

「誰も言ってくれなかったか？」

こくこくと頷けば、地面に次々と小さな染みができる。

たまらず顔を覆い肩を震わせれば、背中に大きな手が回された。そのまま、まるで壊れ物でも扱うようにそっと抱きしめられる。

「俺にとっても凍華はかけがえのない存在だ」

甘い低音が耳元で響き、背中に当てられた手で幼子をあやすようにポンポンと叩かれる。琉葵からは若草の匂いがした。

こんなふうに優しく触れられ、ぬくもりに安堵《あんど》したのは遠い記憶の中だけ。

凍華の涙はますます止まらず、いつの間にか琉葵にしがみつくように泣き始めた。

子供のように声を出して泣けば、腕の力が強まりギュッと抱きしめられる。

出会って間もない男性の腕の中でみっともない、はしたないと思われないだろうかと頭の片隅で考えるも、腕から伝わる暖かさがそんなことはないと否定しているようで、凍華は琉葵の着物をさらに強く握りしめた。

どれぐらいそうしていただろうか。ぐずっと鼻を鳴らし離れたときには、すでに日は傾いていた。

「すみません。もう日が暮れてしまいます」

「構わない。凍華は俺の花嫁なのだからもっと甘えてよい」

花嫁。未だ実感のないその言葉を、凍華はどう受け止めるべきかと考えてしまう。

「私は……本当に琉葵様の花嫁なのでしょうか？」

妖狩りから妖たちを守る琉葵は、その延長のような気持ちで自分をそばに置いているのではないか、そんな疑問が胸の奥にずっとあった。だからそれを口に出したのだけれど、途端に琉葵の眉根が切なそうに寄せられた。

「凍華は俺の唯一無二の花嫁だ。半妖のお前には分からぬかもしれないが、こうやって触れれば、心が満たされ離れがたく思う。花嫁を見つけた妖が二度と手放したくないと執着する気持ちが分かった」

熱のこもった目で見つめ返され、凍華の鼓動が跳ね上がる。

ドクドクと速さを増していくその心音が耳にうるさい。

（もし私が半妖でなければ、同じように琉葵様を番だと思えたのかな。だとしたら今、琉葵様はどんな気持ちで私と一緒にいるのだろう）

本来なら会った瞬間に双方が番だと分かるのに、凍華はなにも感じない。もしかしたらそれは、琉葵にとってとても寂しいことなのではないだろうか。

申し訳ありませんと言いかけて、その言葉がどこか的外れな気がして口を噤んだ。

でもこの気持ちを伝えなくてはと精いっぱい頭を働かせ、なんとか言葉を紡ぐ。

「私なんかでいいのでしょうか？」

「凍華がいい。だから『私なんか』とは口にしないでくれ。花嫁に出会わなければそのまま生きていけただろう。でも出会ってしまってはもう離れられない。離したくない。心が満たされた今、これまでどうやって生きてこれたのだろうと不思議に思うぐらいだ」

いつまでも収まらない鼓動に胸に手を当て琉葵を見れば、少し困ったような笑みを浮かべていた。

「花嫁の自覚がない凍華を混乱させたくなくて自重していたのに、少々気が急《せ》いてしまった。まずは焦らずゆっくりと、この暮らしに馴染んでいってくれ」

どこまでも凍華を優しく気遣う。

花嫁を見つけたのに肝心の相手にその自覚がないのは、妖にとってとてもつらいに違いない。それでも琉葵は自分の気持ちを押し付けない。真綿で包むように優しくその心が解けるのを待つつもりでいるのだ。

「いろいろ話しすぎたな。ここへお前を連れてきたのは、この景色を見せたかったのと、もうひとつ理由がある」

「もうひとつ？」

「ああ、少し向こうにその場所がある。足元がさらに悪くなるので手を貸そう」

差し出されたのは、先ほどまで凍華を抱きしめてくれていた大きな手。

そっと重ねれば、強く握り返された。

琉葵は手を引いたまま木々の茂みに分け入っていく。先に立ち、凍華が歩きやすいように草履で草を踏みつけながら進んだその先にあったのは、湧き水だった。

岩場からちょろちょろと清水が流れ落ち、足元に小さな泉ができている。それは細い流れとなって森へと続いていた。

凍華は泉の周りに咲いている花を見てはっと息を呑む。

銀色に輝く五枚の花弁の小さな花は、雨香に頼まれ山に取りに行ったものとそっくりだった。

この山に、現し世と似た花はあっても同じものはない。不思議に思い手を伸ばすと、凍華より先に琉葵が花を手折った。

「この花を知っているのか？」

「はい。楠が持つ山に咲いておりました」

「山？　楠の屋敷から山まではずいぶん距離があるだろう」

どうして琉葵が楠の家の場所を知っているのだろうと凍華は首を傾げつつも、雨香に頼まれ花を取りに行っていたことを話した。

「あれほどの距離を歩いていったのか……。それで、この花がなにか知っているか？」

なに、と聞かれても凍華にとっては〝花〟でしかない。綺麗だしよい香りがするが、それ以上の意味があるとするならば。

「私が三歳のときに祖父が亡くなりました。父は屋敷と土地を妹である叔母に譲り、工場経営もすべて任せたそうです。でもその際、山の頂にある泉の周りに花を植えることを強く望んだと聞きました」

父親が生きている頃は、その花が絶えず家にあったのを覚えている。

一度、父親が鉢植えで育てようとしたけれど、すぐに枯れてしまった。どうやら、あの場所でしか花を咲かせないらしい。

そのうち乾燥させたものを匂い袋に入れて、常に持つよう言われた。お守りだそうだ。

「父との約束で乾燥させた花を身につけていたのですが、ある日、雨香にそれが見つかってしまいました」

雨香は匂いが薄まれば新しく作るように命じると共に、同じものを凍華が持つのを許さなかった。

それ以降は、数ヶ月に一度、ほぼ丸一日かけて花を摘みに山へ行っていた。

かいつまみつつ話をすれば、琉葵はしゃがみ込み花を見ながらしばらく考え込んだ。

やがて、さらに数本手折ると立ち上がり、それを凍華に手渡す。

「これは『惑わし避《よ》けの花』だ。人魚の……力を抑える作用があるとされている」

珍しく言い淀《よど》む琉葵から、凍華は花を受け取る。

現し世で摘んだものと同じように、甘く濃厚な香りが鼻孔をくすぐった。

「父親との約束を守り、これを匂い袋に入れて肌身離さず持っていてほしい。布が必要なら凛子に頼めばよい」

「……はい、分かりました」

なぜ父親も琉葵もこれを自分に持たせようとするのか。その理由を問おうとしたのだけれど、琉葵が「帰ろう」と手を差し出してきた。

(抑えなくてはいけない人魚の力とはなんだろう)

廓で感じた飢餓が腹の底で蠢《うごめ》き、それが恐ろしくて、凍華は逃げ出したい気持ちで琉葵の手を握った。

『惑わし避け』の意味は分からない。でも、父親も琉葵も同じように言うのだから、きっと自分にとって大事なものなのだろう。今はそれだけ分かればいいと、凍華は花を持つ手に力を入れた。

立ち去ろうとしたとき、水辺に生い茂る木々の中に見知ったものとよく似た木が目に留まった。

「あの木、桑の木に似ています」

「桑？」

「はい。蚕が食べ糸を作るのです。見に行ってもいいでしょうか」

「もちろん。凍華の気が済むようにすればいい」

琉葵に頭を下げ、桑の木もどきに近寄れば、幹や枝に針のような棘《とげ》があるところまで一緒だった。強いて言えば、その棘が現し世より長く鋭い。

「隠り世にも蚕はいるのですか？」

蚕に興味など持ったことはないのか、琉葵は「どうだっただろう……」と顎に手を当て考える。

「似たようなものはいる。しかし、妖は人ほど器用ではないので糸は紡がぬ」

「では、着物はどこで手に入れるのですか？」

「人間の里だ。凍華が今着ている着物も知り合いの呉服店で仕立てた」

「そんなことをして、妖狩りに見つからないのですか？」

突然襲ってきた軍人たちを思い出し、背筋がゾッとする。琉葵ならともかく、ロンやコウ、凛子が彼らに見つかったら命が危ないのではないだろうかと不安になった。

「むろん捕まる奴はおり、俺の手が届く範囲ではあるが助けている。しかし、妖とて無防備に人間の里には行かぬ。その木の葉には妙な力があって、葉を煎じて飲めば、短い時間の間だが妖力を隠せる。ただ、まずいがな」

普通の人間は、妖かどうかを見抜けない。気をつけなくてはいけないのは、妖狩りだけだ。妖を見抜く先天的な能力と、厳しい訓練に耐えた者だけが妖狩りとなれる。煎じたものを飲むと、大抵の妖狩りの目をかいくぐれた。しかし、手練れとなれば話は別。

「問題は、正臣ほどの妖狩りだと、どんな妖でも見抜かれてしまう」

「では、現し世にいる妖は、常に危険と隣り合わせなのですか」

「そこまで深刻な話ではない。そもそも、妖狩りは五十人ほど。出会うほうが稀《まれ》だ」

五十人中、煎じ薬を飲んだ妖を見抜けるのは数人。その中でも、正臣は極めて異例だと琉葵は言う。

それでも危険には変わりない。自分にできることがあれば……と考えたところで、凍華ははっとした顔でもう一度桑の木もどきを見た。

（……ある！　私にできることを見つけた！）

あの、と凍華はまっすぐに琉葵を見た。翡翠の目が少し驚いたように見開かれる。

「琉葵様！　お願いがございます」

「……なんだ、言ってみろ」

少しの間の後、琉葵の唇が優しい弧を描いた。

凍華は勢いのまま言葉を続ける。頬は上気し、手は知らず知らず握りしめていた。

本人は必死で気づいていないが、それは十年ぶりに自らなにかを望んだ瞬間だった。


四日後。凍華はロンとコウが琉葵に命じられ持ってきた木箱の中身を見て、カチリと固まってしまった。

（……これはいったいなに？）

目を凝らし見て、眉をひそめ半歩下がった。想像していたのと違う。

凍華が山で思いついたのは糸を紡ぐことだった。

養蚕を営んでいた楠の家で育ち、生糸の作り方は知っていたし、手伝わされていた。

だから、蚕と桑の木もどきの葉、それから箱を用意してほしいと頼んだのだが。

もう一度首を伸ばして箱を見る。やっぱりなにか違う。明らかに違う。

箱の中で蠢くのは、凍華の知っている蚕より数倍大きい。

手のひら以上の大きさに加え、口からは鋭い牙が生えているように見える。が、見なかったことにしよう。

それでいて目はまんまるでつぶらなのだから、可愛いのか恐ろしいのか分からない。

「……これ」

「琉葵様、用意した」

「琉葵様、凍華に甘い」

ふたりがかりで持つその箱は、高さこそないけれど、正方形で一辺は三尺ほど。ちょうど、ロンとコウの背丈と同じぐらいだ。

でも、その中にいる蚕もどきが六寸以上あるので、決して大きすぎではない。蚕もどきの本来の名前は琉葵から教えてもらったが、長すぎて覚えるのは諦めた。

そんな蚕もどきが十匹も箱の中で蠢いている。

凍華が使っている部屋の隣に襖続きの部屋があり、木箱はそこへ運ばれたのだが、もっと別の場所にすればよかったと今さら後悔が浮かぶ。

家具ひとつない部屋の真ん中に木箱だけがあるのは少々異様な光景で、それをロン、コウ、凍華が囲んだ。

間近で見るのは初めてだというロンが庭から木の枝を持ってきて、つんと突けば、蚕もどきが牙を剥《む》いた。凍華の喉から「ひっ」と声が出る。

「ろ、ロン、そんなことしたら可哀想《かわいそう》よ」

なおも突こうとするその手を握り、慌てて止める。蚕もどきからはシュッと威嚇のような音がした。

「こいつ噛みつこうとした」

「こっちは火を吹いた」

「えっ」

コウの持つ枝の先が少し焦げている。

（……琉葵様はいったいなにを用意してくださったの……？）

この部屋の隣で寝るのかと思うと、養蚕工場を営む叔母のもとで暮らしていた凍華でさえ少々気持ちが悪い。

わたわたと騒ぐロンとコウを宥めていると襖が開き、桑の葉もどきを抱えた凛子が現れた。どうやら裏山まで取りに行っていたようで、少し息を切らし、額には汗をかいている。

「ロン、コウ、退《ど》きなさい」

「「はい！」」

ピシッと右手と左手を挙げてさっと道を開けるふたり。

凍華の前ではふざけてばかりだけれど、凛子は怖いのか、お行儀よく正座までしている。

そんなふたりに見向きもせず、凛子はばさりと葉を入れた。木箱の真ん中にもりっと葉が積み重なる。

「よし、これでいいわ」

腰に手を当てる凛子に苦笑いをし、凍華はロンから枝を受け取る。

「これでは蚕もどきが埋もれてしまいます。平らにならしたほうがきっと食べやすいと思います」

「そうですか。あっ、気をつけてください。小さいわりにコレ、獰猛《どうもう》ですよ」

「……はい」

凍華の顔がこわばる。

襖はきちんと閉めて眠ろうと思った。

怖くても、枝で蚕もどきを傷つけないよう丁寧に葉を平らにしていけば、その作業をしているそばから蚕もどきが頭を葉に突っ込み、もしゃもしゃと豪快に食べ始めた。

この様子なら葉に埋もれても自力でなんとかしそうだと、凍華は早々に枝を手放す。

「あの、これ、箱から逃げませんか？」

「羽がないから大丈夫ですよ。でも心配でしたら、もう少し箱を高くしましょうか？」

その言葉と同時に箱の縁がどんどん上に伸びていき、二倍ほどの高さになった。

「これでいいかしら」

「ありがとうございます。そんなこともできるのですね」

「妖ですから」

そういうものなのかと、凍華はとりあえず頷いておく。そして視線を箱に向けたところで、目を丸くした。

「もう繭を作ろうとしている？」

パチパチと目を瞬かせる凍華の前で、蚕もどきが繭玉を作り始めた。

この調子なら、今夜にでも糸を紡げそうだが、凍華の知っている蚕とはやはり似て非なるものだ。

（繭から糸を作る座繰り機は午後に琉葵様が持ってきてくれるそうだから、明日には蚕の糸を使って組紐を作れる）

桑の葉もどきに妖の力を隠す作用があるというのなら、それを食べた蚕もどきから出た糸にも同じ力があるのではと考え、組紐を作ろうと思いついた。

もし効果がなくても、組紐ならなにかと使いようもあるだろう。

なにもせずにお世話になるだけなのは、ずっと働いていた凍華にとって居心地のいいものではなかった。

何度も料理や洗濯をしたいと申し出ても、やんわりと断られてしまう。それが、凍華を思う優しさからくるのを分かっているので、強く言うこともできず悶々《もんもん》としていたところだった。

(よし、頑張ろう)

楠の家では感じられなかった力が、腹の底から湧き上がってくる。

いきいきとした目で蚕もどきを見る凍華を、凛子は嬉しそうに見守った。

三日後には組紐が四本できあがった。

蚕もどきから作った糸は通常の糸より太いのに切れやすかったので、裁縫箱にある糸に混ぜて作ることにした。

青色と紫色の組紐が一本ずつと、緑と赤を織り交ぜた組紐が二本。

質の違う糸を編み込むのは難しく、初めは手こずっていた凍華だったが、コツを掴むとどんどん編み上げていった。

それをずっと見ていたロンとコウが、我先にと選んだのが緑色と赤色を織り交ぜた組紐。「結んで結んで」と万歳をするので兵児帯の上から巻いてやると、喜び勇んで走り去っていった。ドタドタと元気な足音が可愛らしいと凍華の頬が緩む。

その足音を追うように台所へ向かえば、ちょうど昼食の片づけが終わった凛子が木箱を竈《かまど》の前に置き、残り火で暖を取っていた。

ロンとコウはそのまま勝手口から外に出て、牡丹雪《ぼたんゆき》が舞う庭をどこかへ走っていく。

「凜子さん」

「はい、なにか御用でしょうか」

「いえ、そうではなく……」

子供に渡すのと違い、大人に自分が作ったものを手渡すのは躊躇《ちゅうちょ》してしまう。

（こんなもの手渡されても迷惑かもしれない）

やっぱりやめておこうかと逡巡するも、にこにこ微笑みながら凍華が話すのを待っている凜子を見ればそうもいかず、思いきって懐《ふところ》に手を入れ二本の組紐を見せれば、凜子は「まぁ」と目を丸くした。

「いつもお世話になっているお礼に作りました。蚕もどきが出す糸を混ぜましたから、もしかして妖狩りよけになるかもしれません」

「嬉しいわ。私がもらっていいのかしら」

「ご迷惑でないならぜひ、受け取っていただけると……嬉しいです」

語尾が小さく俯きがちになる姿に、凜子は小さく微笑み「では」と紫色の組紐を手にした。それを手際よく帯に巻きギュッと締めると、もともとしていた組紐をほどく。

「今日の帯は深緑ですので、組紐がよく映えますわ。いかがでしょうか」

「はい、とても似合っていらっしゃいます」

ふふ、と嬉しそうにしながら凛子は残りの青い組紐を見る。

「それで、これはどうなさるおつもりでしょうか」

「どうしましょう。あまり考えずに作ってしまったので、凛子さん、もう一本いかがですか」

「あらあら、だそうですよ。琉葵様」

凛子の視線を追うように振り返れば、琉葵がむすっとした顔で立っていた。

その足元にはロンとコウがいて、あわわ、と口に手を当て凍華を見上げる。どうやら離れにいる琉葵を呼びに行っていたらしい。

「ほう、この屋敷の主人は俺なんだが」

初めて見る目の据わった琉葵に、凍華の顔が青ざめた。

なにを怒っているのか分からないが、その原因が自分のようだと肌で感じる。

「あ、あの……」

私、なにかしましたか、と言いたいのに言葉が出ない。そんな凍華をかばうように凛子が間に入った。

「大丈夫よ、凍華さん。琉葵様は、自分だけもらえなくて拗《す》ねているだけだから」

「拗ねている？」

たかが組紐。ましてや、凛子のように帯留に使うこともないのに必要だろうか。

もし妖の力を隠す作用があったとしても、琉葵ほどの妖なら不要に思える。

「そういうわけではない」

「ではどういうわけでしょう」

ムッと口を尖らせる琉葵に、凛子はふふふと笑いながらロンとコウを連れ庭掃除に行ってしまう。

残された凍華は、残った組紐をそろそろと琉葵に差し出した。

「……うまく作れておりませんし、そもそも琉葵様の役に立つ代物ではありませんが、よろしければ」

「……あぁ、ありがとう」

「…………」

沈黙が重く気まずい。どうしようかと戸惑いつつ凍華は琉葵を見る。

家でくつろぐときは着物、時折出かける際には洋装か羽織袴《はかま》と聞いている。色は黒が多く、銀色の髪がよく映えていた。

「羽織紐でしたらお作りできます」

唐突な申し出に琉葵は目を丸くするも、すぐにその意図を汲み取ったかのように笑った。

「いや、それならこれと同じものをもうひとつ頼む」

「同じもの、ですか。分かりました」

どうしてふたつ必要なのかと疑問を感じながら頷くと、琉葵は組紐の片方を口で咥え、もう片方を右手にぐるりと巻き付けた。そのまま器用に口と左手でギュッと結び目を作る。

白磁のような肌に青い組紐はどこか鱗のように見え、そういえば琉葵は龍だったと凍華は思う。同時にそんなことをしてもらえるとは想像だにしていなかったので、驚いて言葉を失ってしまった。

凍華があまりにじっと見つめていたからだろうか、琉葵が決まり悪そうに目線を逸らす。

「おかしいか？」

「い、いえ。そうではありません」

ぶんぶんと勢いよく頭を振ると、琉葵は嬉しそうに口元を綻《ほころ》ばせた。

自分の作った拙い組紐がなんだか急に恥ずかしくなり下を向く凍華に、目線を合わすよう琉葵が腰をかがめると、銀色の髪がさらりと肩から落ちる。

それを絹糸のようだと、凍華は眺めた。

まとまりのない自分とはまったく違う。

「綺麗な髪……」

ポロリとこぼれ落ちた言葉に琉葵は小さく笑うと、凍華に向け手を伸ばした。

「以前にも言ったが、凍華の髪のほうが綺麗だ。ふわふわして鳥の羽のようでつい触りたくなって……」

そこで琉葵ははっとし、口を噤む。手がぱっと離れた。

(えっ……触りたい!?)

凍華は頬がかぁっと熱くなる。顔どころか首まで真っ赤で湯気が立ち昇りそうだ。棒立ちになりつつも目だけ動かし琉葵を見れば、こちらは手で顔を隠し横を向いていた。

「あ、あの……」

「すまない。忘れてくれ」

なにが起きても動じない琉葵が珍しく目をさまよわせ、こほんと咳ばらいをする。

なんだか嬉しいようなこそばゆいような、それでいて胸の奥がほわりとする。

この気持ちはいったいなんだろうとふたり揃って赤くなっていると、なにやら勝手口の方から気配がした。

見れば、凛子が目だけ戸口から覗かせているではないか。

「琉葵様ぁ、新しく組紐を作るにも糸がございません。凍華さんと一緒に買いに行かれてはどうですか？　ふふふ」

いつもと違う含みのある口調に琉葵が眉根を寄せれば、凛子はわざとらしく箒《ほうき》を見せ立ち去っていった。

「……糸がないというのは本当か？」

「はい。家にあったのは全部使ってしまいました」

「そうか、それなら近々、帝都に赴く用事があるので一緒に行こう。妖狩りに会っても俺がいれば大丈夫だ」

突然の提案に凍華は驚き迷ったけれど、琉葵の腕に結ばれた組紐を見て頷いた。

「それでしたら、もっと作って他の妖たちにも配れませんでしょうか」

「他の妖にか？」

「はい……お世話になっている身でやはり厚かましいでしょうか」

糸を買うお金を出すのは琉葵だ。そう思うと、大変図々《ずうずう》しいことを言ってしまった。慌てて謝ろうとすれば、琉葵の大きな手が凍華の頭をポンポンと撫でる。

「短期間でずいぶん前向きになったな。やはり、お前の本来の魂は強いのだろう。糸ぐらい何本でも買えばいい。もし妖狩りをそれで避けられる可能性があるならなおさらだ」

「ありがとうございます！」

それは、硬かったつぼみがぱっと咲いたような笑顔だった。

頭を下げ目を伏せていた姿とは違う内側から輝くような笑みに、琉葵は眩しそうに目を細めた。

それと同時に、男を惑わす人魚の血を引く凍華を心配してか、眉は寄せられたままだった。

楠の家

凍華が廓から消えた三週間後。

「いったいなにをしているんだい！」

夕食前の楠の家に幸枝の怒鳴り声が響き渡った。

目の前では身を小さくした四十歳ほどの使用人が、深く頭を下げている。

「どうしてまだ食事の準備ができていないんだ」

「申し訳ありません」

場所は厨《くりや》の竈の前。ぱちぱちと薪《まき》が爆《は》ぜる音はするも、鍋の野菜はまだ煮えておらず他の料理もできあがっていない。

この様子なら、食事にありつけるまであと半刻はかかりそうだ。

「掃除だって手抜きばかりで、廊下に埃が積もっていたよ。さぼっているなら暇を出すからね」

ふんと鼻息を荒くして言い捨てると、幸枝は土間から上がり居間へと向かう。

「凍華がいたときは全部できていたのに」と、苛立たしげに足音を立てながら幸枝はぼやく。

食事の品数はいつも五品、屋敷は隅々まで掃除されていた。それが、たった三週間でこの有り様とはどうなっているのだと怒りが収まらない。

幸枝はこの屋敷で生まれ育った。跡取りである兄とはずいぶんと差のある扱いを受けていたが、それでも使用人たちに囲まれ、なにひとつ不自由しなかった。

ただ、兄より食事の品数が少なかったり、風呂が後だったり、『女は勉強より花嫁修行をしろ』と言われたりと、不満がなかったわけではない。

感謝はしつつも、跡取りを贔屓《ひいき》する両親に複雑な想いを抱いていた。

そのせいだろうか、兄が軍に入り寮暮らしとなったとき、幸枝は思わず飛び跳ねそうになった。五つ上の兄は優しくいじめられた記憶はないが、劣等感と妬みが胸の内で澱《おり》のように溜《た》まっていたからだ。

けれど、兄が家を離れても話題の中心が幸枝になることはなく、軍で重要な任務に就いたときには両親は大層派手に祝った。

そんな兄が突然怪我《けが》をして第一線から退いた。それだけでなく、生まれたばかりの赤子を連れて帰ってきたのだ。

「母親は死んだ。俺が育てる。楠の家は幸枝が継げ」

一方的に告げ出ていこうとする兄を、父親は追いかけ捕まえ殴り飛ばした。

馬乗りになって顔が腫れるまで殴り、最後に赤子に手をかけたとき、それまでされるがままになっていた兄は飛び起き赤子を抱きしめた。

霧雨《きりさめ》の中、赤子が雨に濡れないよう背中を丸め立ち去る軍服の後ろ姿が、幸枝が最後に見た兄の姿だった。父親が死んだときの遺産分けでさえ手紙で済ませ、顔は見せなかった。

「あ、あの。幸枝様」

居間の前まできた幸枝が襖に手をかけようとすると、ためらいがちに呼び止める声がした。

煩わしげに眉をひそめ幸枝が振り返れば、洗濯物を抱えた使用人が頭を下げている。

「今度はいったいどうしたって言うんだい」

あからさまに不機嫌な声で聞けば、使用人は身を小さくさせた。

「それが……最近井戸水に泥が交じるようになりまして、洗濯物が……」

おずおずと首を竦めながら使用人が差し出した白い長襦袢には、茶色の染みができていた。

「なんだいこれは！　洗う前より汚れているじゃないか。泥が交じっているなら、飲み水や料理はどうしてるんだい」

「水瓶《みずがめ》にひと晩入れておけば泥は沈みますので、上澄みを使っております」

「最近、料理の味が落ちたけれど、原因はそれだね」

使用人はなにも言わず、視線をさまよわせた。

幸枝は凍華と使用人が食事の準備をしていたと思っているが、実際は、使用人は凍華に仕事を全部押し付けていた。幸枝たちがいじめているのだからどんな扱いをしようが構わないとばかりに、料理だけでなく、掃除、洗濯とほとんどの家事を凍華が担っていたのだ。

ゆえに、料理の味が落ちるのも、掃除が行き届かなくなるのも至極当然だった。

「そういえば、十年ぐらい前に井戸が枯れかけたことがあったね。あのときは水脈が変わったんだろうと言われたけれど」

それなら新しい井戸を掘るかとなった矢先、凍華の父親が殉職した。そして凍華を引き取ったその夜、再び昔のように井戸から水が湧き出たのだった。

不思議に感じつつも、そのまま井戸を使っていたのだけれど。

「やっぱり新しい井戸を掘らなきゃ駄目かしらね」

ああ面倒臭い、と息を吐きながら、幸枝は使用人にもう一度洗い直すよう命じ襖を開けた。

居間では、夫である京吉《きょうきち》が難しい顔で帳面を睨んでいた。幸枝の顔を見ると「夕食はまだか」と聞いてくる。

「あと半刻はかかりそうです」

「このところ、使用人たちは怠けていないか。凍華ひとりいなくなったところでなにも変わらんだろう」

「ええ、先ほど叱ったところです。あなたからも言ってくださいな」

「ああ、分かった」と京吉はそっけない返事をすると、再び視線を帳簿に戻した。幸枝は京吉の前に座り、やれやれと自分の肩を揉む。

おかしいのは料理の味や井戸水だけではない。戸棚に置いていた客用の菓子がなくなったり、焼いていた魚が一尾消えていたり、小さな泥の足跡が廊下に点々と残されていたり、と妙なことが続いていた。

「誰もいないはずなのに視線を感じたり、閉めたはずの障子が開いていたりするんですよ。この前なんて、私がちょっと躓《つまず》いたら子供の笑い声がしました。気味悪いといったらありゃしない。なにか取り憑いているんじゃないでしょうか」

「気のせいだ。問題があるとしたら、この前追い出した疫病神《やくびょうがみ》のほうだ」

京吉は卓袱台《ちゃぶだい》の下に置いてあった煙管《キセル》を取り出すと火をつけ紫煙を燻《くゆ》らせた。眉間には深い皺が刻まれている。

そのとき、襖の向こうから鈴の音のような声がした。

「お父様、凍華はまだ見つからないのですか？」

入ってきた雨香は父親の隣に座すと、その表情を窺い見る。

手に持っているのは雨香が通う尋常学校の宿題。今までは凍華にすべて押し付けていたが、いなくなった今、自分でしなくてはいけない。

分からないところがあるので京吉に聞きに来たのだが、どうもそんな雰囲気ではないと背中にそれを隠した。

尋常学校は六歳から十六歳までの子供が通う。

青巒女学校への入学は、尋常学校の成績と推薦で決まった。ようは凍華のおかげだ。

「お前はなにも心配しなくていい」

「ですが……お金を来週末までに用意しなくてはいけないのですよね。凍華が見つからなければどうなるのかと、私、不安で不安で」

きゅっと唇を噛み下を向く姿は儚《はかな》げだ。京吉は、娘を不安がらせる凍華にさらに苛立ちを募らせる。

「なに、遊郭から出た形跡はないらしいからすぐに見つかる」

腹立たしそうに紫煙を吐き、苦虫を噛み潰したような顔で京吉は言った。

凍華が廓から姿を消したと聞いたのは、その翌日。あの女衒が凍華が戻っていないかと探しに来て知った。

遊郭は高い塀とふたつの門で仕切られており、門には見張りが常時二名立っている。見張りの目をかいくぐり外に出るのは不可能だし、塀をよじ登ることはできない。

稀に、顔見知りに頼んで荷車に乗り込み積み荷に紛れ逃げようとする遊女もいるが、大半は門を出る前に見つかるし、そもそも売られたばかりの凍華にそんな伝手《つて》はない。

軍人に追われていたという話も聞いているが、それこそ意味が分からない。

ただ、女衒が言うには、遊郭に隠れている可能性が高いらしい。

それならすぐに見つかるだろうと高を括《くく》っていたのだが、三週間経った今もまだ見つかったという報告はない。

カン、と音を鳴らし煙管の灰を落とすと、京吉はおもむろに立ち上がった。

「少し出かけてくる」

「こんな時間に、ですか？」

「夕食は外で食べる。それから、さっきお前が言っていた開いた障子や魚の話だが、野良猫が入り込んだのやも知れん。戸締まりをしっかりしておけ」

京吉は、壁際にある衣紋掛けから紺色の羽織を取ると袖を通し、さらにその上から外套《がいとう》を着て襟巻をした。

家を出ると、帝都へ向かう道を歩いていく。

冬の夕暮れは短く、辺りはもうすっかり闇に沈んでいる。

手に持った提灯が照らす灯だけが頼りだが、歩き慣れた道ゆえ不自由はない。

こんな時間から帝都へ向かおうというわけではない。屋敷と帝都の中間ほどにある料亭は京吉のいきつけで、賭博場《とばくじょう》でもある。

「幸枝には凍華を売った金が入らなくても、新規事業に当てる予定の金を入学金に回すから問題ないと言ったが……そんな金はもうない」

雲が半月を時折隠す中、京吉はぶつぶつと口の中で呟く。そこに雪下駄のじゃりじゃりと土を踏む音が合いの手のように加わった。

「女衒も廓の人間も、女ひとり見つけられぬなどなにをやっているんだ。……いや、もっとも腹立たしいのは凍華だ。……ちっ、気味の悪いあいつをあそこまで育ててやったのに、なんという恩知らず」

びゅぅと吹いた風が、京吉の声をかき消した。

京吉は代々商家をしていた大店の次男だった。楠の家に婿養子に入り実家の伝手を頼って販路を増やし富を築いた。

しかし、それを自分の才だと勘違いした京吉は、新規事業に手を出すもあっけなく失敗する。そこでやめればよかったものの、その損失を取り返そうと躍起になり、新たな商売を始めては失敗するを繰り返したあげく、先物取引にまで手を出し莫大《ばくだい》な損失を作った。

なんとか金を増やさねばと、最近では賭博まで始める有り様だ。

楠の家は一見豊かに見えるが、内情は火の車。だから、凍華を売って雨香の入学金を用立てるしかなかった。

「今夜はなんとしても勝たなければ」

そう意気込み入った料亭の賭博場は見知った顔ばかり。

しかしそこにひとり、見慣れぬ女がいた。

少し吊り上がった涼しげな目元に、人とは思えない怪しい色香を漂わせたその女は、京吉と目が合うとにこりと微笑んだ。ごくり、と京吉の喉が音を立てる。

「初めまして。凛と申します」

「……京吉だ。珍しいな、こんなところに女がひとりで来るなんて」

「ふふ、おかしいですか？」

「いや、そんなことはない」

でっぷりとした腹をさすりながら京吉は凛の横に腰を下ろした。

よく見れば壁際に若い双子の男もいるが、京吉は彼らをちらりと見ただけですぐに興味を凛へと戻した。

その夜、珍しく京吉は勝ちが続いた。

もちろん、雨香の入学に必要な金には足りないが、それでも久々にいい酒が飲めると浮かれるほどには京吉の懐は温かくなった。

「京吉さん、賽子《さいころ》にお強いのですね」

「まあな。あんたはとんとん、といったところか」

「いいえ、負けですわ。ところで、もっといい賭博場があるのですが今度ご一緒しません？」

凛は媚《こ》びるように首を傾げると、赤い唇で弧を描き京吉の袂に手を置く。

「いい賭博場？」

「ええ、賭け金が大きいので、戻ってくるお金もいいんですよ。もちろん負けたらそれだけ痛手もありますが、京吉さんなら大丈夫でしょう」

さらに身体を寄せられた京吉は、だらしなくでれりと鼻の下を伸ばした。

「どこにあるんだ、その賭博場ってのは」

「明後日、ここで待っているので一緒に行きましょう」

「ああ、約束する」

にんまりと笑うその顔には、はっきりと下心が表れている。

その表情を見て、袖で隠した口角を上げる凛の後ろで、小さな子供の笑い声が聞こえた。

組紐

組紐を琉葵に渡して数日後、凍華は凛子に渡された真綿紬《つむぎ》の訪問着に袖を通していた。

縦糸、横糸共に真綿で紡いだこの着物は、ふっくらとして暖かい。

淡い桃色地に手毬《てまり》柄の可愛い着物に、半襟は塩瀬《しおぜ》、帯揚げは綸子《りんず》を合わせる。

久しぶりに現し世へ行く凍華のために、すべて凛子が見立てたものだ。

髪は上半分だけを結い上げ、残りはふわりと下ろす。

波打つ髪は目立つ。凍華にしてみればこの髪型で人前に出るのは勇気がいるけれど、琉葵が綺麗だと言ってくれたから思いきることにした。

それでもやはり緊張はするもので、硬い表情のまま玄関に行くと、すでに琉葵がそこにいた。

それも初めて見る洋装姿で、凍華に気づくと眩しそうに「よく似合う」と目を細めた。

夜の空のように深い紺色の背広は琉葵の見目のよさをより引き立て、凍華の心臓は勝手に速くなる。

それに、いつもと違って見えるのは服のせいだけではない。

「どうした？　やけに見られている気がするんだが」

「髪と目の色が違います」

銀色の髪は濡れ羽のような漆黒に、綺麗な翡翠色の目も黒曜石のように黒く変わっていた。

「あの髪と瞳では目立つからな」

柔らかく微笑むその顔はやはり琉葵に違いないのだけれど、凍華はなんだか落ち着かなくて視線をさまよわせてしまう。

「……私も、目の色を変えられるのでしょうか？」

「うまく妖力を扱えるようになれば可能だが、凍華は自分に妖の力を感じたことはあるか？」

激しい喉の渇きと、遊郭で男の喉を掴んだ感覚を思い出す。それと同時にぞっと背中が粟立《あわだ》った。

あれが人ならずの力――妖力だとしたら。

咄嗟にぶんぶんと首を振った。あの渇きが凍華に流れる人魚の血のせいだと考えるのは、とてもおぞましいことに繋がる気がする。

そんな凍華の様子に、琉葵はさらりと話題を変えた。

「そうか。だが気にする必要はない。それより行こう。糸以外にも春物の着物や必要な品を買い揃えよう」

「そこまでしていただく理由がございません」

「理由ならある。この組紐だ」

琉葵がスーツの袖をまくると、腕には凍華が作った組紐が巻かれていた。

「凍華の予想通り、この組紐は妖の力を隠せるようだ。ロンとコウに確認させたから間違いない」

「確認、させた？」

どういうことかと凍華は首を傾げる。

「組紐を着けたまま妖狩りに近づいたところ、至近距離でも気づかれなかったと喜んでいた」

「そ、そんな。危ないではないですか！」

「逃げ道は確保していただろうし問題ない。少々頼んでいた調べ物もあったから好都合だった」

けろりと言う琉葵に対し、凍華の顔色はどんどん青くなっていく。

もしかして、と安易な気持ちで作った組紐のせいでロンとコウの身になにかあったらと考えると恐ろしい。

「そんな顔をするな。あいつらはああ見えて賢い。無茶はしない」

「とてもではないですが、そうは見えないです！」

あんな小さな子になにをさせるのかと怒ると、琉葵は目を丸くした。

「なんでしょうか?」

「いや、凍華が怒るのを初めて見たと思ってな」

「あっ、も、申し訳ございません」

急いで頭を下げようとすると、肩を掴まれ止められる。

恐る恐る琉葵を窺えば、その顔は嬉しそうに笑っていた。

「ずいぶん感情が戻ってきたようだ。それでいい」

「あ、あの……。私、琉葵様に無礼を……」

「ロンとコウを心配したからだろう。それぐらいで俺は気を害さない。むしろ、誰かのために怒れる凍華は優しい」

そう言って、琉葵はカラカラと笑う。とっつきにくいほど美形なのに、一緒にいる時間が長くなるにつれ、飾り気のない姿を見る機会が増えた。

それがなんだか嬉しいと、凍華の胸がほわりと温かくなる。と同時に、ギュッと締めつけられた。

「では行くか」

「はい」

この想いはなんだろうと戸惑いつつ、差し出された手に手を重ねれば、琉葵は砂利道をまっすぐ歩いていく。

昨日降った雪が少しだけ木々の上に降り積もっていて、ふたりが吐く息はそれと同じように白い。

「少々目が回るかもしれぬが慣れれば大丈夫だ」

庭の真ん中辺りで琉葵が立ち止まる。

なにを、と凍華が聞くまでもなく白い霧が目の前に現れた。それがどんどん濃くなって、周りの景色を覆い隠していく。

そのうち、妖狩りから逃れたときと同じような激しい眩暈がし、凍華は倒れてはならないと琉葵の腕にしがみついた。

「二度目だから気を失いはしないだろうが、しっかり掴まっていろ」

浮遊感と共に目の前の景色が真っ白になる。上下が分からない感覚に、凍華は離れてしまわないよう琉葵に掴まる手に力を込めた。

「着いたぞ」と声をかけられ瞼《まぶた》を開ければ、そこは暗い裏路地だった。細い通りの向こうは大通りのようで喧騒《けんそう》が聞こえてくる。

「あ、あの。ここは？」

「人間の里、帝都の中心だ。来たことがないのか？」

「はい。叔父から人の多いところに行くなと命じられておりましたから」

琉葵が大通りに向かっていくので、凍華もその後を追う。

大通りはたくさんの人が行き交い、活気にあふれていた。

「こんなに人がいるのですね」

「休日はもっと多い。はぐれぬよう気をつけろ」

「はい」

通りにはいくつもの店が並び、簪や和食器、洋風の置物などありとあらゆるものが並んでいた。ついつい視線をあちこちに動かせば、目が合った店員が声をかけてくる。思わず琉葵の後ろに隠れた。

そうやって数歩遅れるようにして歩いていると、すれ違う人がこちらを振り返る姿に気がついた。

若い娘が琉葵を見て頬を染め、次いで後ろを歩く凍華に視線を移し、その青い目にぎょっと眉をひそめる。

（琉葵様はやはり見目がよろしいのだわ。それに対し、私はこんな目で……）

奇異なものを見る目、蔑むような視線に凍華の背中はどんどん丸くなり、俯いてしまう。

それに気づいた琉葵が立ち止まり、凍華の手を掴むと軒下へと連れていった。

「どうした、気分が悪いのか？」

「いいえ」

身を屈《かが》め心配そうに眉を下げる琉葵に凍華は首を振る。

「では、なぜ下を向く」

「……私は琉葵様のように目の色を変えられませんから」

「そうだったな。では、先にあの店に行くか」

そう言うと、琉葵は凍華の手を引き早足で歩きだした。妙齢の男女が手を繋ぐなど珍しく、ますます視線が集まる。凍華は下を向き、必死で琉葵についていった。

やがて琉葵は足を止め、大通りから外れた一軒の店に入っていく。

「邪魔するぞ」

「へぇ、あっ、琉葵様ではないですか。しかも可愛らしいお嬢様まで。これはこれは、逢引《あいびき》でございますかぁ、琉葵様にもやっと春が来ましたね」

三十歳ほどの店主が店の奥から現れ、琉葵と凍華へ交互に丸い目を向ける。愛想《あいそ》のいい笑みがいかにも商人らしい。

「相変わらず饒舌《じょうぜつ》だな。ちょっと店内を見せてもらうぞ」

「ええ、ごゆるりと。その間にお茶を用意いたします」

店主は少し薄い頭の天辺《てっぺん》をかきながら奥へと消えていった。それを確認して凍華はそろそろと顔を上げる。

「あ、あの。今の方は……」

「人間だが少し妖の血が入っている。昔、俺の曽祖父があいつの祖父を助けたらしく、それからの付き合いだ」

「ではあの方も私と同じ妖と人間の混血なのですね」

男が消えた暖簾《のれん》の先に目をやる。なんだか急に親しみを感じた。

自分以外にも人間と妖の血を引く者がいたのが嬉しい。

「あの男自身は限りなく人間に近く、妖の里についてはほとんど知らない。妖の力も少ないので妖狩りに気づかれることもないそうだ」

「だからこうやって帝都でお店を開けるのですね」

店に置かれているのは簪や櫛といった髪飾り。それから奥の棚に眼鏡があった。

琉葵はその棚に向かうと、いくつか手に取り凍華を振り返る。

「目の色を変えられない妖はここで眼鏡を買う」

「眼鏡で目の色を隠せるのですか？」

手渡され、戸惑いながら眼鏡をかけると、凍華は近くにあった鏡に自分の顔を映した。

しかし、そこに映るのはいつもと同じ青い目。

「変わりがないようですが……」

「まだ妖力が加わっていないからな」

そう言うと、琉葵は凍華の前に手をかざす。手のひらが一瞬ぼんやりと白く光ったような気もしたがそれもすぐに消え、いつもと変わらぬ大きな手が目の前にあった。

「これでいい。もう一度鏡を見てみろ」

「はい。……あっ、黒に、私の目が黒に変わっています!!」

鏡を覗き込む凍華の目が大きく見開かれる。そこには初めて見る黒い目の自分が映っていた。

「これなら目立たないだろう。もっとも、俺は青い目のほうが好きだが」

「えっ」

さらりと落とされた言葉。不意打ちに凍華の顔がどんどん赤くなっていく。

(琉葵様は、決して特別な意味でおっしゃっていない。それは分かっているけれど……)

たまらず頬を手で覆えば、琉葵は初々《ういうい》しい様子に目を細める。

「おやおや、お茶を淹《い》れてきましたが、出直したほうがいいでしょうか」

背後でのんびりとした声がし、振り返れば店主が茶の乗った盆を持ったまま含み笑いで立っていた。

出直したほうがいいかと聞くも、その気はないようで部屋の隅にある長卓に茶を並べていく。

「私が眼鏡に呪《じゅ》をかけますのに、ご自身でなされるとは、よっぽど大切なお方なのですね」

「俺がかけた呪のほうが強いからだ」

「はいはい。目の色を違《たが》えてみせるのに、妖力の差はそれほど関係ないのですが」

簡単な呪ですしねぇ、と店主は小さく、でもしっかりと琉葵に聞こえる声で囁《ささや》いた。

琉葵が気まずそうにそっぽを向けば、今度はクックッとはっきり笑い声が聞こえてくる。

琉葵相手に飄々《ひょうひょう》としたその態度は、冴えない風貌のわりになかなか豪胆である。

「他にもおすすめの髪飾りがございます。見繕ってきますので座ってお茶を飲んでお待ちください」

店主は浅い木箱を手にすると、それを持って店内を回り、次々と簪や櫛を入れ戻ってきた。それをふたりの前に置いて、自身は向かいの席に座す。

「若いお嬢様にお似合いの品を持ってまいりました。もうすぐ春ですので梅や桜、菜の花もございますよ。さぁ、どうぞお手に取ってご覧ください」

そう言われても、凍華は膝の上に置いた手を動かせない。とてもではないが、自分なんかが触れてよい品に思えない。

そんな様子に琉葵は小さく息を吐き、凍華の手を取り広げさせると、その上に桜模様の髪飾りを置いた。

「綺麗……」

銀の地金に桜が彫られ、桜色の硝子《がらす》がその上から乗せられている。淡い色合いが可愛らしいその髪飾りを凍華はそっと撫でた。

「髪に着けてやろう」

「えっ？」

目をパチパチする凍華をよそに、琉葵は髪飾りを摘まむと、結い上げた髪に留めた。凛子がくれた椿油を毎日使っているおかげで艶が出た凍華の黒髪に、桜がパッと咲いたような華やかさが加わる。

「うん、よく似合っている」

「……私なんかがいただいていいのでしょうか」

「その言い方はよくないな。そうやって自分を卑下するのは悪い癖だ」

「はい、申し訳――」

ありません、と言いかけて凍華は言葉を呑み、琉葵を見上げる。

俯き視線を合わせるのを避けてきたけれど、眼鏡のおかげでしっかりと顔を上げられた。

いや、それだけではない。短いながらも幽り世で過ごした優しい時間が、凍華の固まった心を少しずつ溶かしたのだ。

「ありがとうございます」

ぱっと周りに花が舞うような、可憐な笑顔と共に凍華が礼を言った。

「……どういたしまして」

まっすぐ見返してきた黒い目に、琉葵はわずかに息を呑んだ。続いて、眩しそうに凍華を見て口元を綻ばせる。

少しずつでも凍華が心を開いてくれればと、ゆっくり距離を詰めてきた。そこにきてこの笑顔だ。

琉葵はすっかり気をよくしたようで、あれもこれも買おうとする。

凍華は慌て、店主はどんどん品を持ってきて、予想以上の長居となってしまった。

「それで店主、少々相談があるんだが」

いくつかの品の購入を決めた後、琉葵はおもむろに切り出した。

「へぇ、なんでもおっしゃってください。こんなにお買い上げいただいたのですから多少の無理はいたしますよ」

「これを店に置いてほしい」

琉葵は袖をまくり、腕に巻いた組紐をほどくと机に置いた。

「組紐、ですか。そりゃ、置けと言われましたら置きますが、いったいその組紐にどんな意味があるんですか？」

「凍華が作った物で、妖狩りの目をくらませる効果がある」

「へっ。妖狩りのですか？」

ぐいっと前のめりになった店主の反応に、琉葵はニヤリと口角を上げると、凍華に説明するよう促した。

組紐を店頭に置いてもらうという話さえ今知ったばかりなのに、とうろたえながらも、凍華は桑の葉もどきや、大きな蚕に似た生き物から繭を作って糸を紡いだことを話した。

その話を頷きながら聞いた店主は、手を膝の上に乗せ感心したように大きく頷く。

「そんなことができるなんてぇ、凍華様は器用なんですね」

「いえ、育ててもらった家が製糸工場を経営していたので、見知っていただけです」

「謙遜されなくてもようございます。あの葉には確かに妖狩りの目をくらます作用がありますが、煎じて飲んでも効き目はせいぜい二刻。私は一度味見しただけですが、それはもう、あれを飲むなら店の前の泥水を飲んだほうがマシってもんでして。それが組紐を身につけるだけでよいなんて、こんな画期的な話はございません」

店主は感心したように頷くと、机の上にある組紐を手にし、その編み目を確かめるように指を滑らせた。口調は軽いが、商品に向ける目は鋭い。

「では、置いてくれるんだな」

「もちろんです。この店には妖も多く来ますので皆、喜ぶでしょう。むしろこちらからお取引をお願いしたいです」

店主が頭を下げるので、凍華もさらに深く頭を下げた。

琉葵は店主から組紐を受け取ると再び手首に巻き、ゆったりとふたりを眺める。どうやらこうなると初めから分かっていたようだ。

「で、いつ、どれぐらい卸《おろ》してもらえますでしょうか」

すっかり商売人の顔になった店主が、ぐいぐいと詰め寄ってくる。

「え……えっと」

凍華はどう返答すればよいかと琉葵を窺うも、自分で決めろと言わんばかりに茶を飲んでいた。

それでは、と四週間後に二十個ほど持ってくると約束をすれば、先に金を払うと言うではないか。

「お代金はお品をお渡ししたときで結構です」

「いえ、これは私の都合なんですよ。こんな貴重な品、他の店に奪われてはいけませんから、前払いとして四割支払います。ですから、できた品は全部この『河童堂《かっぱどう》』にお持ちください」

商売についてはまったく分からない凍華が、茶を飲む琉葵の袖を引き助けを求めると、「それでいいだろう」と答えてくれた。さらには、これからの取引は凍華が直接、店主とやり取りをするように、とも付け足す。

「私が、ですか」

「これからは、女性も仕事をする時代になるだろう。初めのうちは俺も同行するし、俺が無理なときは凛子に頼むので心配はいらない。やってみてはどうだ」

いきなりの展開に、凍華は頭が追いつかない。

でも、いつまでもお世話になりっぱなしというわけにはいかないし、琉葵や凛子が助けてくれるのならと、戸惑いつつも頷いた。

なにより、自分の作ったものが人の役に立てるなんて初めてで、胸が熱く腹の底から力が込み上げてくる。

(琉葵様は、俯き自信のない私を変えようとしてくださっているのだわ)

新しい世界が目の前にどんどん開かれていくように感じる。

世の中は、凍華が知っていたよりずっと広く、よいものなのかもしれない。

もしかしてひとりでも生きていけるかもしれないという考えが浮かぶと同時に、それは琉葵の元を離れるという意味だと気づき、胸がざわりとした。

――寂しい、と思った。

自分が花嫁だなんて今も信じられないが、それでもいつの間にか凍華は今の生活がずっと続けばよいと望むようになっていた。

ギュッと胸が締めつけられるような初めての感覚に、凍華は自身の手を胸に当てた。どくどくといつもより速い鼓動が指先から伝わってくるようだ。

初めて浮かんだ感情に戸惑いつつ、凍華は河童堂の店主に後日組紐を持ってくると約束した。

店を出ると、琉葵は再び大通りへ向かう。凍華も、今度は顔をしっかりと上げその後に続いた。

とはいえ、ふたりを見る視線がなくなったわけではなく、相変わらず琉葵の姿にほぉと嘆息する女性は多い。

（これほどの端整なお顔に加え、珍しい洋装を着こなしていらっしゃるのだから、振り返る人がいるのは当然よね）

琉葵の一歩後ろを、買った品を包んだ風呂敷を抱え歩く凍華にも視線は飛んでくる。奇異なものを見る眼差しではないが、あからさまに嫉妬が含まれていた。それはそれでいたたまれない。

もう帰ると思っていた凍華だったが、琉葵はしばらく歩き、再び暖簾をくぐった。

今度は大通りに面する大店だ。

「ここも琉葵様のお知り合いがされているのですか？」

「ああ、先ほどの店主の姉がここに嫁いでいる。必要な着物は大抵この店で買っていて、凍華が今着ている着物もここで凛子が見繕ったものだ」

凍華は改めて自分が着ている着物を見る。

質がいいと思っていたが、まさかこんな老舗呉服店の品だったとは。

(私なんかが着ていい品ではないわ)

そう思うと同時に、琉葵に自分を卑下しないよう言われたことを思い出した。

それならせめて琉葵に恥をかかせぬよう、みすぼらしく見えないようにと背筋を伸ばすと、背後から弾んだ声がした。

「琉葵様、また来てくださったのですか。お会いできて嬉しいです」

凍華とさほど歳の変わらない娘が琉葵に駆け寄り、その腕を絡め取る。

ころころと笑う娘は嬉しそうに琉葵を見るも、当の琉葵は煩わしげにその手をほどいた。

「母親は留守か？」

「今、奥で常連様の接客をしています。母の手があくまで私がお相手いたしますわ」

「そうか、それなら彼女に似合う春物の反物を持ってきてくれ」

「彼女？」

そこでやっと凍華の存在に気づいたようで、娘が怪訝そうに眉根を寄せる。

「俺が世話をしている凍華だ。ついこの前、凛子が使いに来たはずだ」

「……はい。その手毬の着物は見覚えがあります」

「凍華、この店の娘で若菜《わかな》だ。俺は着物に疎い。歳は同じぐらいだから、彼女に選んでもらうといい」

琉葵は若菜に店主である父親はいるかと尋ね、店の奥で帳簿を付けていると聞くと、少々席を外すと言って奥にある暖簾の向こうへと消えていった。

「琉葵様は、相変わらずお忙しそうね。この前も薬を持って人間の里にいらっしゃったのよ」

くすっと小さく笑う若菜の顔には、自分のほうが琉葵を知っているという優越感が滲んでいた。その表情に、なぜか胸の奥が痛んでしまう。

「琉葵様にお世話になっている凍華と申します。時々、現し世に行かれるのは存じております」

どうしてこんな、対抗するかのような言葉を口にしてしまったのかと、凍華は恥じる。

琉葵は外出すると、いつも美味しい食べ物を買って帰ってくる。それを楽しみにしていたが、現し世に出向くたびにこの店にも寄っていると知り、胸がずきっとした。

先ほど河童堂で感じたものと似ているようで違う、じりじりとした痛みだ。

（会って間もない私より、若菜さんが琉葵様を知っているのは当たり前なのに、どうして胸がざわつくのだろう）

河童堂にいるときから、慣れない感情に振り回されてばかりだ。

俯く凍華に、若菜は冷たい視線を向ける。

「父は妖については知らないので、あなたも父の前では人間のように振る舞ってね」

「……私は半妖ですのでご心配には及びません」

「あらそうなの。そういえば『人間の里』ではなく『現し世』と言っていたものね。『現し世』『幽り世』は人間が作った言葉。妖はそのような言い方をしませんもの」

指摘され初めて、琉葵や凛子が『現し世』と口にしていないと気づいた。

（初めに、『現し世』『幽り世』は人間の呼び方だとおっしゃっていたわ）

今さら気づくなんてと、凍華は情けない気持ちでいっぱいになる。

一緒に暮らし、妖について理解したつもりになっていたけれど、全然だったと気持ちが下を向いてしまう。

「若菜さんは、う……人間の里に暮らしていますが、妖に詳しいのですね」

「もちろんよ。母から聞いているもの。琉葵様が妻を探していることもね」

ふふ、と笑うその顔は自信に満ちていた。

凍華は、知らず知らずのうちに痛む胸に手を当て息を吐く。

（こんなことで動揺しては駄目。それより、妖に詳しい若菜さんなら人魚について教えてくれるかもしれない）

人魚の話になると琉葵の口が重くなる。凛子も同様に、急に歯切れが悪くなり話を逸らされてしまう。なにかを隠されているような違和感を持ちつつも、気のせいかと今までやり過ごしてきたのだ。

「……それなら、人魚についてもご存知ですか」

「人魚？　もちろん。私の中にも水の妖の血が流れているから、人魚については母から聞いているわ。妖に番がいる話は知っているわよね」

「はい。聞きました。花嫁とも言うと……」

「ええ、そうよ。でもすべての妖が番と一緒になるわけではないわ。会えるほうが稀なぐらいで、大抵は番以外の妖と生涯を連れ添うのよ」

その言葉に凍華は「えっ」と小さく声を漏らした。てっきりすべての妖が番と暮らしていると思っていた。

「でも、人魚だけは違う。彼女たちは番以外の妖と決して一緒になれないの」

どうしてだろうと疑問が浮かぶ。でもそれより先に確認したいことがある。

ずっと気になっていたことだ。

「番が人間だったことはあるのでしょうか？」

「ないわ。だって人魚の番は龍と決まっているもの」

その言葉に、持っていた風呂敷が手から滑り落ちた。

（龍と決まっている？　でも、お母さんはお父さんと一緒になったわ）

父親が話してくれた人間と人魚の恋物語は、悲しくも美しい、激しい恋だった。

許されざる禁断の恋に落ちたふたりの話が、御伽噺《おとぎばなし》なんかじゃなかったと知り、凍華の手が震える。

「ちょっと、落としたわよ。どうしたの、顔色が悪いわ」

若菜は周りを見ると、仕方なさそうに風呂敷を拾った。店の中で悪目立ちするわけにはいかない。

「……若菜さんは、人間との間にできた子供を産んだ人魚の話を聞いたことがありますか？」

母親のことを少しでも知れたらと聞いた凍華に、若菜は馬鹿にしたように噴き出した。

「そんな人魚いるはずがないわ」

そこで言葉を途切らせると若菜は一歩凍華に歩み寄り、口元に手を当てそっと囁いた。

「だって、人魚にとって番以外の男は食事でしかないのだから」

「……食事？」

たっぷり間を取った後、凍華はその言葉を口にした。背に冷たい汗がツッと流れ、声は震えている。

なにかが自分の中で引っかかった。それはあの飢餓にも似た喉の渇きと関係がある気がして、知らず、ごくりと喉が鳴る。

「そうよ。人魚は十六歳になると、その美しい声で男を惑わし喰らうの。その力が一番強くなるのが満月だから、男が満月の夜に出歩くときは惑わし避けの花を持つそうよ。あら、あなた、もしかしてその花を持っている？　あなたから惑わし避けの花の匂いがするわ」

指摘され、凍華は胸に手を当て後ずさった。

琉葵に言われた通り、惑わし避けの花で作った匂い袋は今も懐に入っている。

（私が男を喰らわないように、人魚としての力を封じるために琉葵様はこれを肌身離さず持つように言ったの？）

「満月の夜に一番力が強くなる……」

頭が混乱する。ただ、廓に売られたあの夜に感じた激しい飢えが、人魚の血によるものだとしたら。

(――私はいつか、人を、妖を喰らうかもしれない)

廓の客の喉を掴み持ち上げた感覚が蘇る。

全身が震えた。足元が音を立てながら崩れていくように感じる。

(もしかしたら琉葵様を……)

今にも座り込み泣きだしたいが、この場でそんなことをしたら琉葵に迷惑がかかる。

「……少し外の風に当たってきます」

震える声を絞り出し、凍華はそれだけ言い残すと店を飛び出した。

どこへ向かえばいいかなんて分からない。

ただ、逃げたかった。人間からも、妖からも、琉葵からも、そしてなにより自分自身から。

(私は人を食べる。妖を食べる。琉葵様や凛子さんが人魚について言い淀む原因はそれだったんだ)

混乱する頭に加え、初めて来た帝都だ。どこをどう走ったのか分からないが、気づいたときには古びた神社の境内にいた。

周りを森に囲まれたそこには人の気配がなく、木々が長い影を地面に落としている。

凍華は息を切らしながら、ふらふらと賽銭箱前の石階段にへたり込んだ。

「これからどうしよう」

楠の家には帰れない。廓には戻りたくない。もちろん、琉葵にこれ以上の迷惑をかけられない。

（人間と妖の血を引く私は、人間の里、妖の里どちらでも生きていくことができない。まして、男を喰らう私は……生きる価値すらない）

それならいっそ、死んでしまおうかと思う。

今夜は満月。あの喉の渇きに耐えられず誰かを食べる前に、せめて過《あやま》ちを犯す前に自分自身を……。

「どうして、私なんかが生まれたのかな」

涙が頬を滑り落ち、着物に染みを作る。

「お母さんとお父さんはどこで知り合ったの。どうしてお母さんはお父さんを食べなかったの。どうして私なんかを生んだの？」

次々と湧いてくる疑問を口にしても、答えは返ってこない。

ぽたぽたとこぼれる涙が眼鏡を濡らすので、凍華は眼鏡を外し手ぬぐいで丁寧に包んで袂に入れた。

そのとき、ざざっと砂利を踏む足音が聞こえ、俯く凍華の視線の先に可愛らしい雪下駄が現れた。

見覚えのあるその柄に「えっ」と顔を上げれば、やはり雨香が目の前に立っていた。

「雨香？　どうして……」

「凍華!!　こんなところにいたのね。あんたが廓から逃げ出したせいで私たちがどれだけ迷惑をしているか分かっているの？　お父様は新規事業を諦め、さっき女学校へお金を払いに行ったのよ」

雨香は凍華の腕を引っ張り強引に立たせると、その頬を思いっきり引っ叩《ぱた》いた。

「十年も私たち家族に迷惑をかけておきながら。よくこんな仕打ちができたわね」

罵られ殴られ、このひと月で凍華の心に芽生えた温かいものが急速に冷えていく。背は丸まり、俯き、目を伏して地面だけを見る。

幸せを感じた日々が幻で、男を喰らう自分にはこの扱いこそふさわしいのではないかと思えた。

「今日はお父様と一緒に女学校へ入学の手続きをしに来たの。帰り道、お父様が少し御用があるというので、待っている間に覗いた呉服店であんたを見かけて後を追ってきたわ。あの呉服店で一緒だった男性はいったい誰？　後ろ姿しか見えなかったけれど、きっと廓で出会ったのね。そうか、あいつの手引きで廓を抜け出したんでしょう」

「ち、違います」

頬がじんじんと痛む。剥き出しの心に言葉の刃がぐさぐさと容赦なく刺さる。以前は傷つかぬよう常に心を固く閉ざしていたのに、自分が弱くなったように感じた。

「じゃ、どうしてあんたが、あんな立派な洋装に身を包んだ男と一緒に遊郭の外を出歩いているの！　とにかく、帰るわよ。詳しい話はそれから聞くわ」

「帰るって……」

「楠の家に決まっているでしょう。あんたはお父様に折檻されてから廓に戻るのよ！」

京吉は、ひどいときには凍華を縄で縛り上げ、気を失うまで木刀で殴りつけてきた。

そのときの恐怖と痛みを思い出し、足が震え動かない。

すると、また雨香の平手が頬に飛んできた。

「なにをじっとしているの。さっさと歩きなさい。まったく、愚図で馬鹿で本当、使いものにならないのだから」

怯えて身体が縮こまった凍華に、もう抗《あらが》う術《すべ》はなかった。

（人を喰らう自分が琉葵様のそばで穏やかに暮らしていいはずがない。これがきっと私にふさわしい生き方だ）

ずるずると引っ張られながら歩く凍華の頬を、ひと筋の涙が滑り落ちた。

久しぶりの楠の家は、凍華の記憶より荒《すさ》んでいた。

京吉の用は時間がかかるらしく、雨香に連れ戻された凍華は幸枝によって縄で縛られ土間に転がされた。

窓から見えるのはどんよりとした雲。まだ日は沈んでいない時間だが、そのせいかすでに薄暗い。

打たれ腫れた凍華の頬にはらりと白い綿帽子が落ち溶ける。凍華は力のない目で、土間に作られていく茶色い染みが数を増やすのをただ眺めていた。

どれぐらいそうしていただろうか。

ガラリ、と大きな音を立て扉が開き、足音が凍華に近づいてきたかと思うと、腹に激しい痛みが走った。

「うぐっ」

「手間をかけさせやがって」

げほげほと咳《せ》き込む凍華の髪を京吉が掴み、顔を上げさせる。

雨香と幸枝に打たれた頬にさっと目をやると、今度は腕に力をこめ凍華の顔を土間に押し付けた。

「いったい今までどこにいたんだ」

「も、申し訳ございません」

「あなた、凍華ったらこんないい着物を着ていたのよ。汚してはいけないと脱がせたのだけれど、ほら」

幸枝の手には、手毬模様の着物がある。凛子が凍華のために見繕ってくれたものの、琉葵が似合うと言ってくれた着物だ。

縛られている凍華は肌襦袢一枚。外と気温が変わらない土間に転がされていたせいで、身体は冷え切っていた。

これからなにをされるのか、その恐怖に凍華は叫びたくなるも、喉が引きつり声が出ない。それに、たとえ声が出たとしても、助けに来る者など今までひとりもいなかった。

逃げ出すことも歯向かうこともできず、ただ耐えるだけの日々。

（これが本来、私が生きる道なのだから）

そう思おうとするのに、妖の里での暮らしが、幸せな思いが胸に去来し、張り裂けそうに苦しくなる。

京吉が幸枝に木刀と水桶を持ってくるように命じれば、すでに用意してあると嬉々《きき》とした答えが返ってきた。

以前のように耐えればよいだけ。そう自分に言い聞かせても、手足の震えは止まらず歯の根が合わない。

京吉は水桶を掴むと、それを勢いよく凍華にかけた。

氷交じりの水は刺すように冷たく、体温をあっという間に奪っていく。

だけれど、凍華に苦しむ様子はない。冷たさは感じるけれどつらさはなかった。

(やはり私は半妖なのだ。どこにも生きる場所がないなら、いっそこのまま)

そう、このまま、命を途絶えさせてしまいたい。

悲しみとも空虚とも諦めともいえるさまざまな気持ちが、ぐるぐると心の中で渦を巻き、凍華は目を瞑る。

京吉が木刀を振り上げた。目は血走り怒りで歯を剥く顔は鬼のようで、手加減する気などいっさいない。

(ただ、もう一度琉葵様に会いたい)

びゅっと木刀が空を切る音がした。

身体を固く小さくさせその衝撃に耐えようとした凍華だったが……。

しかし、いつまで待っても痛みはやってこない。

どうしたのかと目を薄っすら開け恐る恐る顔を上げると。

そこには京吉の腕を掴んだ琉葵が立っていた。

「だ、誰だ！　お前は!!」

琉葵はその問いに答えず、そのまま腕を持ち上げる。京吉の足がぶらりと宙に浮かび、「ひっ」と情けない声が喉からこぼれた。

幸枝と雨香は目の前の光景が信じられず土間にぺたりと座り込んで、呆然と口を開けその様子を見た。

「凍華を虐げていたのはお前たちか」

温度を感じさせない翡翠色の目を京吉に向けながら琉葵が問う。

「い、痛い！　話せ!!」

「人をいたぶっておいてよく言えたものだ」

唇の片方を上げ歪めた笑みを浮かべながら、琉葵が手を離す。

ドスンと鈍い音がして京吉が土間に尻もちをついた。そのまま這《は》うようにして幸枝たちの方へ行くとくるりと向きを変え、琉葵を見上げて媚びた笑いを見せる。

「なにか勘違いされておられるのではないでしょうか。その端女《はしため》は私の家の所有物です」

「これは俺の花嫁だ。貴様ごときが触れていいものではない」

「は、花嫁!?」

その言葉に、凍華も驚き目を大きくする。

ふたりだけのときに花嫁だと告げられたことはあっても、人前で堂々と宣言されたのは初めてだった。

すると、琉葵は今まで見せたことがない甘い視線で凍華を見つめ返した。

「帰ろう。俺たちの家に」

「で、でも。私は琉葵様の近くにいる資格がございません。だって私は、もしかすると……」

「最後まで言わなくていい。とにかく帰ろう。話はそれからだ」

琉葵は凍華を縛っていた縄を素早くほどき抱きかかえた。

「お、お待ちください。その女は廓から逃げたのです。返してもらわないと金が——」

「断る」

ぴしゃりと低い声が京吉の言葉を遮った。

琉葵は凍華を抱えたまま土間を横切り外へ出る。外にはすでに白い霧が立ち込めており、その中をどんどん進む。

そのまま帰らせてはなるものかと追いかけるようにして家から出てきた京吉たちの前で、ふたりの姿は霧の中に消えていった。


妖の里へ戻った凍華は壁を背に膝を抱えうずくまった。

凛子の手を借り着替えだけは済ませたけれど、その後はひとりになりたいと強引に障子を閉ざした。

間もなく日が暮れ、月が出れば再び喉の渇きが襲ってくるだろう。

(怖い……)

誰かの命を奪ってまで生きたいとは思わない。

どうしてそんな血が自分に流れているのか、おぞましさから腕に爪を立てれば、微かに血が滲んだ。

「人間と変わらない赤い血なのに」

でも、人とは違う。

震えが止まらず抱えた膝に額を押し付けていると、障子の向こうから名前を呼ばれた気がした。

顔を上げれば静かに障子が開き、琉葵が姿を現す。

凍華は驚き、慌てて琉葵に向かって腕を突き出した。

「それ以上、私に近づかないでください」

「その頼みは聞けない。人魚の話は今宵、俺からするつもりだったが、先に若菜がしゃべったそうだな。俺の不徳のいたすところだ。すまない」

「琉葵様が謝られる必要はございません。ですから、どうかそのまま部屋から出ていってください。もしくは、私をきつく縛り上げていただけませんか」

泣きそうな顔で両手を揃え琉葵に向ける。その指先は小刻みに揺れていた。

しばらくの沈黙ののち衣擦れの音がすると、凍華の揃えた手をひと回り以上大きな手が包む。

「若菜からなんと聞いた?」

「若菜さんは悪くありません。私に人魚の血が流れていると知らずに話したのです。それに、人魚について教えてほしいとお願いしたのは私です」

「だとすれば、なおさら俺のせいだ。傷つき弱っている凍華に真実を伝えるのが憚《はばか》られ、せめて少しでも妖の里に馴染み、自分に自信を持てるようになってから話そうと考えていたのが裏目に出てしまった」

妖の里に来たばかりの凍華は俯き目を伏せ、所在なさげにし、自分を否定してばかりいた。そこに、男を惑わし喰らう人魚の血が混じっていると知れば、己の存在を消そうとしただろう。

ひと月というわずかな時間であったが、ロンやコウと楽しく過ごし、凛子が作ったおいしいごはんを食べ、琉葵の包み込むような優しさに触れて、凍華は少しずつだけれど変わった。顔を上げ、笑い、ときには怒り、凍りついた心が溶け感情を表せるようになった。

組紐を作ったのは、前向きな気持ちが芽生えた証だ。

琉葵は凍華の手を下ろし、それを握ったまま向かいに座る。

もう一度「なにを聞いた」と問われ、凍華は小さく息を吸うと、若菜から聞いた話をぽつぽつと話し始めた。

「人魚は番以外と連れ添わないこと、それから……」

ごくん、と凍華の喉が鳴る。口に出すのもおぞましい。でも言わねばならないと両手に力を入れた。

「十六歳になると、番以外の……男性を喰らうと聞きました」

「そうか。……ではどうやって喰らうかは聞いたか？」

「いいえ、そこまでは……」

恐ろしくて聞けなかった。肉を食み血《は》を啜《すす》る姿なんて想像したくない。

「人魚はその声で男を惑わし、口を通し魂を吸い取るらしい」

「声で……」

廓で、客の男が凍華の声を聞いた途端、様子が変わったのを思い出した。

「満月の光を浴びたとき、いつもと違う声が出ました。それを聞いた男の目が虚《うつ》ろになり、私にしがみついてきたのです」

「喉が渇いたと言っていたな。それだけか？」

「男を片手で持ち上げました。でも、そんなことしようなんて思っていなかったんです。勝手に身体が動いて、変な声が出て……」

そこまで話して、凍華は背筋がぞわりとした。

勝手に動いたのであれば、それは自分の意思とは関係なく身体が男を欲したからだ。

あの瞬間、本能的に凍華は男を喰らおうとしていた。

「や、やはり私を縛ってください。もうすぐ月が昇ります。私は自分を制御できません。縛って猿轡《さるぐつわ》を噛ませ、この部屋から出ていってください。それでもなお、私がこの部屋を飛び出したら、琉葵様の手で殺してください」

凍華が琉葵の腕にしがみつき、涙を流しながら訴えた。

しかし、琉葵は首を振る。

「俺はお前を縛るつもりはない。そもそも凍華は半妖だ。人魚の血の影響がどこまで現れるか分からない」

「なにを楽観的におっしゃっているのですか!?」

つい声を荒らげれば、琉葵は切れ長の目を丸くした後、クツクツと喉を鳴らして笑った。

「まさか凍華に怒鳴られる日が来るとはな」

「そ、そんな。私はそのようなつもりで言ったのではありません。琉葵様、こうしているうちにも人魚の血が騒ぎ始めております。呑気《のんき》に笑っている場合ではございません」

喉の渇きが先ほどより強くなる。

廊で月明かりを浴びた瞬間、渇きがよりひどくなったのを思い出して、凍華は慌てて部屋の雨戸を閉めていく。

妖の里に雪は降っていない。きっと綺麗な満月が夜空に現れるだろうと、雨戸を掴む手がこわばった。

部屋にただひとつだけある行灯の明かりが、恐怖で青くなる凍華を儚く照らした。

「大丈夫だ。凍華は俺が守る。誰も喰わぬよう、傷つけないよう、月が沈み夜が明けるまでそばにいると約束する」

「そんな！　琉葵様が危険です」

「ほぉ、俺もずいぶんと舐められたものだな」

「そ、そのような意味で言ったのではありません。私はただ……」

凍華は続く言葉を呑み込み、下を向いてしまった。

琉葵だけは傷つけたくない。もし、抑えられない衝動で琉葵を喰らってしまったら、凍華は発狂し自分を責め続けるだろう。いや、きっと生きていけない。

大きく温かい手にもう触れてもらえないのではと考えると、胸が苦しくなる。

甘く心地よい声を二度と聞けないなんて耐えられない。

なによりこうやって目を合わせ、言葉を交わすこの時間が、凍華にとってかけがえのないものとなっていた。

しかし、凍華は湧き上がるこの気持ちの名前が分からない。それなのに涙があふれる。

「教えてくれ、ただ、なんなのだ？」

「……琉葵様を食べたくありません。大っ嫌いだった私の目を綺麗と言ってくださいました。優しく手を引き山を歩き、いろんな話をしてくれ……嬉しかったです。だから琉葵様を傷つけたくない。そんなことをするぐらいなら、このまま琉葵様との思い出を胸に死にたい。お願いです、私の中の人魚の血が目覚め手がつけられなくなったときは……殺してください」

蔑まれ、虐げられてきた凍華がやっと見つけた生きられる場所が、琉葵の隣だった。その場所を自分自身の手で壊したくない。

「琉葵様、部屋から出ていってください。……喉が渇いてきました」

衣擦れの音がし、琉葵が立ち上がる気配がした。

やっと出ていってくれると安堵する凍華だったが、次の瞬間、ふわりとしたぬくもりに包まれた。琉葵の濃紺の上着がすぐ目の前にある。

宥めるように背中を撫でられるのはこれで何度目だろうか。

「ここにいる、大丈夫だ。言っただろう、俺が守ると。一緒に朝を迎えよう。そうすればもう自分を恐れる必要もない」

目の前が涙で霞《かす》んできた。

どうしてこんな自分を甘やかしてくれるのか、そう問いかけたいのに声にならず、代わりにギュッと服を掴んだ。

（お母さんはお父さんを食べなかった。人魚としての本能を抑えることはきっとできる。ましてや、私には人間の血が流れているのだもの）

そう思うのに、喉はどんどん渇いてくる。

凍華は懐から惑わし避けの花で作った匂い袋を取り出した。

「今なら父がどうしてこの花を絶やさなかったか分かります。私が人魚の力に目覚めないようにと、あの泉で花を育て続けていたのです」

男を喰らう本能に目覚めるのは十六歳になってからだが、妖としての人ならざる力は生まれながらに持っている。寒さに強かったり、水の中で驚くほど息が続いたり。目立つわけではないが、確かに凍華には人と違うところがあった。

その力が大きくなるのを恐れ、父親は家の中を花の香りで満たしていたのだ。

琉葵は袂から先ほど摘んできたばかりの惑わし避けの花を取り出すと、畳の上に置いた。そして後ろから包み込むように凍華を抱きしめ直す。

花の匂いが部屋を満たしていく。

でも、喉の渇きがそれを上回るように強くなった。激しい飢えに、目の前の光景が虚ろになっていく。

「琉葵様……」

その声に、琉葵がビクリと肩を震わせた。今までと違う憂いを帯びた甘い声は、琉葵の脳に直接響いてくる。

凍華ははっと息を呑み自分の口を押さえた。どうにか耐えねば。どうにか。

それはもう、無意識だった。畳に置かれた花を手にすると、その花弁を口に含む。

口内いっぱいに広がる甘い匂いは、それでいて喉の奥を痺《しび》れさせた。

「げほっ、げほ」

「大丈夫か」

「はい。喉が痛む代わりに……渇きが幾分か楽になりました。ただ……眩暈が……」

と、そのままぐったりと琉葵に身を預ける。

突然力が抜けたその身体を琉葵が抱きしめ揺すると、凍華はぼんやりと瞼を開けた。

「琉葵様は私が怖くないのですか。喉の渇きが少し治まったとはいえ、今の私はあなたを食べることができます。妖力の差など関係ないのです」

それは、本能的な確信だった。

自分より弱い者、小さい動物を見れば、戦わずともどちらが強いかは分かる。

琉葵の妖力は凍華よりずっと大きい。しかし、そんなのは人魚の前で無意味だ。

「今は耐えておりますが、先ほどの声を再び出すのは容易なのです。きっとあの声は琉葵様を惑わし、私の呪縛から逃れられなくします」

「だが、凍華はそのようなことはしない」

「したくありません。ですが、うまく制御できるか分からないのです」

はぁ、はぁ、と息が荒くなってくる。

再び喉の渇きを感じ、花弁をもう一枚食めば、さっきより喉の痺れが強くなった。

「おそらく、この花は私にとって毒なのでしょう。いざとなったらこれを私の口に押し込んでください。それでも駄目なら……」

「凍華、聞いてくれ。〝殺せる〟と〝殺す〟は違う。それと同じように〝喰える〟の と〝喰う〟はまったく別物だ。今、喉の渇きを感じているとしても、それで自分を責めてはいけない。凍華はまだ誰も喰っていないのだから」

凍華はこくりと小さく頷くと、身体を捻り琉葵の胸に顔を埋めた。

そこからは琉葵の若草のような匂いと、惑わし避けの花の甘い香りがした。喉の渇きを抑えるように、その香りで肺を満たす。

（この夜を乗り切れば……まだ琉葵様のそばにいられるかもしれない）

ギュッと唇を噛み、襲ってくる激しい飢餓と喉の渇きに凍華は必死に耐えた。

＊＊＊

間もなく夜が明けようとしている。

琉葵は自分の腕の中でぐったりとしている凍華の髪を愛おしそうに撫でた。

何度も喉の渇きを訴え、ときには妖しい瞳で琉葵を見つめることもあったが、そのたびに凍華ははっとし、我に返って花を食んだ。

食むほどに身体に負担がかかるのであろう。全身がぐったりとし、普段は冷たい身体が熱を発した。なにかに耐えるように唇を噛み、拳を握り、身体を震わせる凍華を、琉葵はひたすら優しく抱きしめ宥めた。

不思議と恐怖は感じなかった。

今にも豹変《ひょうへん》して自分を喰らうかもしれない女を腕に抱いているのに、恐怖よりも愛情が込み上げてくる。

初めて会ったときから琉葵の心は決まっていた。

妖の数が減り花嫁に会うことなどないと思っていた琉葵の前に現れた凍華は、暗闇の中で淡く光る華のようだった。

細い身体に、痩せこけた頬、青白い顔。それに反するような鮮やかな朱色の長襦袢は、遊郭という場所もあり、どのような身の上かたやすく想像ができた。

俯き、生気のない表情は、それでも生きたいかと問えば、はっとするような美しい顔で『生きたい』と答えた。

その瞬間、わずかの間だったけれど凍華の目に浮かんだ輝きに、琉葵は惹きつけられた。

「あれが惑わしの力だとしたら、俺はすっかり凍華の虜になっていたのかもしれないな」

身の上を調べさせ、その生い立ちに同情したのは確かだ。

そんなつらい環境で育ったのに優しく周りを思いやれる姿に、さらに愛おしい気持ちが強まった。

背筋を伸ばし顔を上げ、少しずつだけれど前向きになっていく凍華を、支えてやりたい、守ってやりたいと思うようになったのは、花嫁だからという理由だけではない。

連れていった山の上で、妖のために組紐を織りたいと目を輝かせた姿は、琉葵の胸を高鳴らせた。

常に傍《かたわ》らに置いておきたい。そう願っていたから、凍華がいなくなったときは心臓が縮み上がった。どれほど手練れの妖狩りと刀を交えても出なかった冷汗が額に浮かんだ。

すぐにロンとコウを呼び寄せ、使役龍を作って凍華を捜させた。目立てば妖狩りに見つかる可能性が高まるのは理解していたが、真実を知ってしまった凍華が心配だったのだ。

自分で自分を傷つけないかと、不安が胸を襲う。焦燥ばかりが空回りし、ロンから凍華を見つけたと聞いた瞬間にはもう駆け出していた。

凍華を殴りつけようとする京吉に、喉を引き裂いてやりたい衝動に駆られた。

その衝動のまま切り裂いてもよかったのだが、しなかったのは凍華に血を見せたくなかったから。それに、間もなく日が暮れる。早々にあの場を離れる必要があった。

琉葵は再び自分の腕の中にいる凍華に視線を落とす。

「花嫁、か」

押し付けるようなことはしたくなく、敢えてその言葉は控えていた。だが、縛られた凍華を見た瞬間、気づけば凍華の気持ちなど考えなしに口にしていた。

失いたくない、奪われたくないという独占欲がとめどなく湧き出す。それと同時に、なんとしても守り抜くと心に決めた。

危険なのは分かっている。本能に目覚めた凍華が我を失い、いつ琉葵を喰らうかもしれない。

それでもそばに置いておく以外、考えられなかった。

「凍華はいつでも俺を食べることができる。それでもいっときたりとも離れたくない」

人魚の力が一番強くなるのは満月の夜だが、だからといって男を惑わし喰らうのがそのときだけとは限らない。

凍華がいつ琉葵を襲うか分からなくても、それでも一緒にいたい。自分の命と天秤《てんびん》にかけても、凍華を手放すことは考えられなかった。

「おそらく、凍華の父親もそうだったのだろう」

ロンの調べで父親が妖狩りだと分かった。どんな経緯でふたりが結ばれたのかは分からないが、妖狩りなら人魚の恐ろしさは充分に理解していたはず。

それなのに、心を通わせ、生まれた子を育てた。そんな父親の気持ちが琉葵には手に取るように分かる気がした。

鳥がさえずる声が聞こえてきた。どうやら、朝が来たようだ。

腕の中の凍華は、毒にやられぐったりと眠っている。でも、その寝顔はどこか誇らしげに見えた。

「俺はずいぶん厄介な女に惚《ほ》れたようだ」

琉葵は凍華の額に張り付いた前髪をよけると、その額に口づけを落とした。

妖狩り

時代は変わり、帝都を守る軍の一部となったのは五十年前のことで、以降は軍の秘密機関として位置づけられている。

妖狩りができたのは、今から三百年前の江戸時代。

数多《あまた》の妖を滅し、現し世を守ってきた自負が彼らにはあった。

しかしその名を知る者はごくわずかで、一般的には第五部隊と言われている。

江戸時代の創設者から数え、三十二代目隊長である灰堂《はいどう》正臣は、若い隊員との手合わせを終えると、軍服の胸元から煙草を取り出しながら、五十名の隊員に命じた。

「手合わせはこれで終わりとする！　続けて走り込みと素振りを五百回」

空っ風の吹く訓練場に響く隊長の声に、隊員たちは頬を引きつらせ目を合わせた。

かれこれ一刻の手合わせを終えたばかりで、さらには日も暮れようとしているのにまだ訓練は終わらないのかと、その表情が語っていた。

すると、バキッと激しい音がし、正臣の手が近くの大木を震わせた。

見れば手が木にめり込み、小さな亀裂が入っている。

「ついでに腹筋と腕立ても加えるか」

「は、はい!!」

ヒッと息を呑み一斉に走りだすその後ろ姿を横目に、正臣は煙草に火をつけた。

さっきまで若い隊員相手に刀を振っていたのに、その額にはわずかに汗が滲むだけで疲労はまったく見えない。

息切れをするそぶりもなく紫煙を燻らせる姿は静止画のように美しく、この世のものとは思えない凄《すご》みがあった。

少し離れた場所で、隊員の世話をする若い女中ふたりが、ほぉっと頬を染めその横顔を盗み見ていた。

「隊長様はいつ見ても凛々《りり》しく整ったお顔をしていらっしゃるわ」

「あの、冷たい目がまたいいのよね」

長身・細身でありながら鍛えられた体躯《たいく》は、軍服の上からも分かるほど。少し長い前髪から覗く切れ長の目は、暗くそれでいて鋭い。

笑ったところを見た者はおらず、常に冷たい視線と感情の読み取れない表情をしているのがかえって神秘的だと、女性たちからの人気は絶えなかった。

「あんたたち、隊長様が何歳か知っているの？」

声をかけてきたのは、五十歳手前の小柄な女性。早くに夫を亡くし、その後ずっと隊員の食事を作り続けてきたその女性は、気味が悪いものを見るように眉をひそめた。

「いくつって……。お若く見えますけれど、隊長なのですから三十歳はいっていらっしゃいますわよね」

「私は三十歳でも全然構わないわ」

「今、そういう話をしているんじゃないでしょう。あの、隊長様はおいくつなのでしょうか？」

若い女中に問われ、小柄な女はもったいぶるようにふたりを手招きすると、口元に手を当て声をひそめた。

「私と同じだよ」

「えっ⁉」

ふたりは目を丸くし顔を見合わせると、次いで視線を正臣と小柄な女、交互に向けた。

若く、青年ともいえる見目をしている正臣が、初老に近い年齢だと知り、ふたりはぶんぶんと頭を振った。

「そんな！　冗談ですわよね」

「私のお父様より年上なんてあり得ない」

「そうだね、私も同感だよ」

小柄な女は「しっ」と唇に指を当てふたりの声を抑えさせると、さらに言葉を続けた。

「第五部隊が江戸時代からの任務を引き継いでいるという話は知っているね。その初代隊長も同じように歳を取らない方だったそうよ。しかもものすごい剣豪の美丈夫だったらしいわ」

「歳をとらない？　それは御伽噺……というか伝説のように語られているだけではないのですか？」

「まぁ、私もそうだと思うわよ。だって、妖じゃあるまいし、ねぇ。ただ……」

そこで言葉を途切らせた小柄な女に、若い娘たちはごくんと唾を飲み込む。なぜだか、これ以上踏み込んではいけないと感じるのに、続きが気になって仕方ない。

「私の嫁ぎ先はずっと彼らのお世話をしていたらしくてね。私はすぐに出戻ったから詳しくは知らないけれど、お義母《かあ》さんの話によると、初代隊長が退団され彼を知る人が誰もいなくなった頃、また恐ろしく整った顔をした美丈夫が入隊したそうよ。その人も隊長となり、五十歳で退団するまで容貌が変わらなかったと聞いたわ」

小柄な女の話では、同じことが数十年おきにあるらしい。

歳をとらない美丈夫の剣豪が隊長となり、若い姿のまま引退する。それから三十年ほど経ち、隊員が全員入れ替わった頃、新たに整った顔の凄腕の新人が入るという。

「子供か縁戚なのではないですか？」

「いいや、件《くだん》の隊長たちは全員、妻帯しなかったそうよ」

ぞくり、と冷たい空気が三人の間に流れた。

すると、女中のひとりがその雰囲気を変えようと敢えて明るい声を出す。

「でも、見目がいいというだけで同じ顔ではないのでしょう。そんなの肖像画を見ればすぐに分かりますもの」

第一部隊から第五部隊まで各隊には隊長の執務室があり、そこには歴代の隊長の肖像画が飾られている。うち、江戸時代から引き継がれた部隊もいくつかあり、軍となる前の羽織袴の剣士たちが描かれていた。

しかし、小柄な女はそんなことも知らないのかと、ため息をついた。

「あなたたち、なにも知らないのね。第五部隊だけ肖像画が飾られていないのよ」

「そうなのですか。そういえば、第五部隊の執務室だけは掃除をしなくてもいいと言われています」

第五部隊がなにをしているのか、公には明らかにされていない。だが、他の部隊から独立し独自の任務を遂行しているので、機密捜査の類いだろうと噂されていた。

それならば歴代の隊長の顔を残さないのにも意味があるのだろうと、ふたりの女中は納得する。

その上で、恐る恐るもう一度正臣に視線を向ければ、大木の下からじっとこちらを見ている漆黒の瞳と目が合った。「ひっ」と小さく喉が鳴る。

「あぁ、怖い怖い。私はもう行くわ。あなたたちはどうするの」

「わ、私たちもそろそろ仕事を終えて、帰りましょう」

「そ、そうね。日が暮れるわ」

女たちは慌てて踵を返し、その場を立ち去る。

その後ろ姿を見ながら、正臣は興味なさそうに紫煙を冬空に吐き出した。


訓練を終え執務室に戻った正臣は、上着を脱ぎ襟元をくつろげながら椅子にどかりと座った。

すっかり馴染んだその椅子は、第五部隊と呼ばれる前から使われているもので、百数十年前に正臣が苛立って蹴とばしたときにできた傷が残っている。

他の部隊の執務室にはある肖像画がこの部屋にないのは、初代隊長である正臣自身が決めたこと。もう、あの頃に名乗っていた名前は思い出せないが、その決まりだけは破られず脈々と受け継がれていた。

もし飾られていたとしたら、肖像画の六分の一は同じ顔になっていただろう。

扉を叩く音がしたので答えれば、第一部隊の隊長が入ってきた。

正臣とは同期で、白髪の交じった黒髪を後ろに撫でつけ、目と額にも深い皺が刻まれている。

「斎藤《さいとう》、またお前か。今日はなんの用だ」

「相変わらず冷たいな。数少ない現役の同期を訪ねるのに理由はいらないだろう」

そう言い、斎藤は部屋のほぼ中央にある長椅子に向かうと、天鵞絨《ビロード》の座面に腰をかけた。人懐《ひとなつ》っこい笑顔を浮かべつつ懐から煙草を取り出し、当たり前のように象牙の灰皿を引き寄せる。

正臣は小さく嘆息し、その向かいに座ると長い足を組み背もたれに身体を預けた。

それを目の端でとらえながら、斎藤は煙草に火をつける。

「退団まであと一年だというのに、今日も若い連中とやり合っていたのか」

「いつもの鍛錬だ」

「その鍛錬をこなし平然としているのがすごいというのだ。おまけにその容姿ときた。お前こそ妖ではないかという者もいるぞ」

第五部隊が妖狩りだと知っているのは、隊をまとめる総隊長と第一から第四までの隊長、それから国家機密を扱う高官のみ。

斎藤はそれを踏まえた上で、なにかと理由を付けては正臣の執務室にやってくるのだ。

他の隊員からは仲がいいと思われているが、実際、このふたりの間に流れる空気は安穏《あんのん》としたものではない。

「ところで、最近は遊郭によく通っているそうだな。五十路《いそじ》前にしてやっと女に目覚めたか」

斎藤はニヤリと口角を上げるも、目は笑っていない。

「まさか。先月、あそこで妖を滅し損ねたので捜しているのだ」

「お前が逃すなど珍しい。しかし、ひと月も経つのだから、もう遊郭にはいないだろう。人間と違い、塀で囲まれ見張りがいようが妖なら容易に姿を消せる」

「お前に言われなくても分かっている。その妖がいた廓で話を聞いたり、馴染み客に会ったりしていたのだ」

正臣は表情を変えず淡々と答えると、煙草に火をつけ灰皿を自分のほうに引き寄せた。

早く帰れというような態度だが、斎藤に席を立つ様子はなく、それどころか「俺も仕事で遊郭に行きたい」などとうそぶいた。

「しかし、逃げた妖は遊女としてその夜に廓に売られたばかりだったんだろう。聞き込みをしたところで、有力な話を得られるとは考えられないんだが」

正臣の眉がわずかに上がる。誰から聞いたか分からないが、そこまで調べた上でここに来たのかと舌打ちしたい気分だ。

「お前が自ら捜すなんて、珍しくその妖に執着しているのだな」

「なにが言いたい」

「いや、もしかして知り合いなのかと思っただけだ」

斎藤が意味ありげな目を正臣に向けながら、紫煙をふぅと吐く。

「妖は滅するもの。知人はおらぬ」

「……お前が本当に人間なら、その言葉も信じられるんだけどな」

ピンと部屋の空気が張り詰めた。

やはりそうきたかと、正臣は内心苛立ちながら向かいの男を見据える。

十数年前から斎藤が自分を疑っているのに気がついていたし、一年後に引退を控えた今、いつ仕掛けてきてもおかしくないと身構えていた。もっとも、予想より直球できたが。

容姿が変わらぬ自分が一ヶ所に留まる危険性を、正臣はよく知っていた。

だから、もう千年近くもあちこちを点々としてきたのだが、数百年前に妖を狩る人間の存在を知りその行動を変えた。

そのときはまだ数人の剣士によって妖を狩っていたのを、幕府の名の下、妖狩りを結成し正臣が初代隊長となったのだ。

正臣には捜している妖がいた。

その〝種族〟であれば誰でもよい。だから長年捜していればいつか会えるだろうと思っていたのだが、長い間、相まみえることはなかった。

それを先月、やっと見つけたのだ。

「俺は人間だ」

　正臣は斎藤の視線をまっすぐに見返し、淀みなく答える。

　斎藤のように鋭い奴はどの時代にもいて、彼らに対し正臣はいつも同じ答えを返していた。

「なんなら、お得意の取り調べで俺を締め上げるか？」

　ふっと片方の唇を上げると、斎藤は苦笑いをこぼしながら首を振り、煙草を灰皿に押し付けた。

「そんなことでお前が尻尾を出すとは考えていない。それに、今の俺にはもうお前を押さえ込む力がない。人間は歳をとるんだよ」

　そう言って立ち上がった斎藤の顔には、部屋に入ってきたときと同じ人懐っこい笑顔が張り付けられていた。

「また来る。退団したら一緒に飲もう」

「酒は飲まん」

「そうか、下戸だったな」

　クツクツと笑いながら出ていく後ろ姿から視線を逸らし、扉が閉まる音と同時に天井に向かって紫煙を吐き出す。

だろう。


「歳をとれない人間もいるんだよ」

苦虫を噛み潰したように呟くと、正臣は眉間を押さえた。

ひと月前にやっと見つけた人魚はまだ見つからない。大方、琉葵が匿《かくま》っているのだろう。

それならばと、件の人魚についてしらみつぶしに調べた。

凍華という名前も、叔母である楠の家で育てられた話も、女衒の男から聞きすぐに判明した。

半妖なのは分かっていたし、叔母の戸籍から父親を捜すのは簡単だった。

しかし、そこに書かれていた名前は正臣を驚かせた。

十数年前まで自分の部下だった男がまさか妖と、しかも人魚と通じていたなんて、青天の霹靂《へきれき》とはこのことだろう。

そう、凍華の父親は妖狩りだった。

それがどうして、よりによって男を喰らう人魚との間に子供を授かったのか。

その経緯は不明だが、正臣にとってはどうでもよいことだった。

ただ、正臣と同じぐらい剣豪だった男がある日、身体の不調を訴え妖狩りを辞したいと言った理由が、その子供を育てるためだということには驚いた。

結局、凍華の父親の脱退は認められず書記官として留め置かれ、人手が足りないときだけ助っ人として妖狩りに参戦していた。

娘については、馴染みの遊女との間にできた子だと言っていたはずだ。

「それがまさか、半妖の人魚とはな」

まったく、うまく隠されたものだと、正臣は苛立たしげに煙草を揉み消した。

明日は満月。早く人魚を捜し出し望みを果たさねばと、はやる気持ちを抑えつつ、正臣は再び執務机に向かった。


次の日、帝都の大通りを警邏《けいら》中の正臣は、はっと周りに視線をやるや否《いな》や走りだした。

「一匹？　二、三……いや、もっとか」

その奇妙な気配の正体はすぐに見つかった。

大通りから細い路地へと姿を消したのは、普通の人間の目には見えない小さな白銀の龍。それが何匹も街中を駆け巡っていたのだ。

「琉葵の使役？　こんな目立つ行動をあいつがするなんて……」

半透明の銀色の煙を固めて作ったようなその使役龍を正臣は追いかけた。

使役龍は必死に匂いを嗅ぎ、辺りを見回す。かなり近くに正臣がいるも、気づく様子がないほど切羽詰まっているようだ。

使役龍が最終的に向かうのは主である琉葵の元。そして琉葵は正臣がずっと捜していた人魚の血を引く娘をかっさらっていった相手でもある。

「ついていけば琉葵に行きつくか。いや、もしかするとあいつより先に人魚を見つけられるかもしれない」

少し距離を置き後を追いかけた正臣は、やがて古びた社の中でふたりの娘が言い争っているのを見つけた。

正臣の全身に鳥肌が立つ。

男を喰らう人魚を見つけた恐怖からではない。長年探し求めてきたその姿を目前にして、叫びたいほどの歓喜が込み上げてきたのだ。

それと共に、千年近く前の味が口の中に蘇ってきた。

人魚の肉に不老不死の力がある、正臣にそう教えた男はとうにこの世にいない。

走っても息が切れず疲れを知らない肉体を初めこそ喜びはしたが、青年の姿のまま老いることのない容姿は奇異の目で見られ続けた。

傷を負っても病をしても人ならざる早さで癒える身体は、次第に正臣の心を蝕《むしば》んでいった。

終わりのない人生ほどつらいものはない。もはやそれは人魚の呪いとしか思えなかった。

正臣の喉がごくりとなる。

しかも今夜は満月。人魚の妖力と食欲が一段と増すこの日に巡り合えたのは、正臣にとって運命としか言いようがない。

興奮する気持ちを抑えることなく一歩足を踏み出そうとしたとき、女が人魚の腕を掴んだ。

言い争っているように見えたが、どうやら一方的に罵っていたようだ。そのまま人魚は腕を引っ張られ、大通りへと引きずられるように連れていかれてしまった。

「ちっ、あの女は確か、人魚が暮らしていた楠の家の者か」

人魚については調べてある。強引に人魚を奪うのはたやすいが、騒がれては厄介。ここはひとまず引き下がり改めて機会を伺うべきだろうと、正臣はその場に踏みとどまった。

「落ち着け。待つんだ。満月は今夜だけではない。あの女が最後の人魚かもしれないのだから、より確実な方法で手に入れなくては」

正臣は深く息を吸うと、どうすれば凍華を奪えるかを考える。

ここまで来たのだから焦る必要はないのだと、調べ上げた情報を頭の中で整理していく。

「……楠の家は、一見、羽振りがいいが実際の家計は火の車だ」

その原因となったのが、雨香を女学校に入れるために作った借金。

京吉が金を稼ぐつもりで入ったのは性質《たち》の悪い賭博場で、そこで身ぐるみはがされ、家と製糸工場を抵当に入れ金を借りさせられた。

京吉を悪どい賭博場に連れていったのが龍の妖だという事実も、正臣は掴んでいる。

だが、京吉が借金を作ってからは現れた様子がなかった。

妖狩りをしているのは人魚を捜すためで、人を救うためではない。京吉が全財産をすろうが、その穴埋めに家や製糸工場を抵当に取られようが関係ないし、それを幸枝や雨香が知らないことなど、もっとどうでもいい。

「……だが、使えるな」

京吉が金に困っているのは明らかで、さらには娘を溺愛している。そこに付け入る策を考えついた正臣はニヤリと口角を上げた。

正臣が雨香に接触したのは、それからひと月半後のことだった。

決着

数回の満月の夜を琉葵と過ごし、季節は初夏を迎えた。

凍華に流れている人魚の血が大きく影響を及ぼすのは満月の夜だけで、その日以外は匂い袋があれば平穏に過ごせることも分かった。もちろん、琉葵を食べたくないという凍華の固い意志があってのことだが。

凍華は、窓から入る風に組紐を編む手を止め、伸びをひとつする。

部屋の隅にある文机の上に置かれた木箱には、河童堂に今月納品する予定の組紐が二十本ほど入っていた。黒、赤、萌黄、浅葱《あさぎ》……と目にも鮮やかな組紐は、蚕もどきが作った繭から紡いだ糸を織り交ぜてある。

「凍華、少し休まないか」

「はい」

障子の向こうから聞こえた声に答えると、琉葵が硝子製の洋風の杯が載った盆を手に入ってきた。黒緑色の麻の着物に紗《しゃ》の羽織姿は涼しげで琉葵によく似合うと凍華は思う。

杯には鮮やかな赤色の飲み物が入っていて、凍華がなんだろうと不思議そうにする。

「凛子が紫蘇《しそ》で作った。一緒に飲まないか」

「ありがとうございます。琉葵様がご用意されなくても、お声がけいただければ私がいたしますのに」

「俺が飲みたかったからだ。気にするな」

琉葵はそう言うと、蚕のいる部屋へと続く襖を開け、縁側へと向かう。

凍華の部屋には窓があるだけで、縁側へ行くには一度隣の部屋を通る必要がある。

その後ろを、座布団を一枚持った凍華が小走りでついていく。

ふたりで縁側に座り、茶や菓子を食べるのもすっかり日課になった。

硝子の器が日差しを反射させ、紫蘇の色がよりいっそう鮮やかになる。飲めば爽やかな酸味が口の中に広がった。

「冷たくておいしいです」

「凍華が夏は苦手だと聞いて、凛子がなにか対策できないかと考えていた。もっと暑くなれば、裏山の氷室《ひむろ》から氷を持ってこよう」

「そこまでしていただかなくても大丈夫ですよ」

くすくす笑う凍華の頬は初めて妖の里に来たときよりふっくらとし、肌艶もいい。

琉葵は指先でその頬に触れた。

「ずいぶん、元気になった。肉もついたし健康的だ」

「それは太ったという意味でしょうか」

「健康的、と言っただろう」

軽口を交わしながらも、凍華の心臓は早鐘のようにうるさい。

琉葵に触れられた頬が熱を持ち、恥ずかしさからすっと身を引いた。

そんな様子を琉葵は目を細め眺める。口元は嬉しそうに弧を描いていた。

満月の夜には相変わらず喉が渇く。でも、琉葵と一緒にその夜を乗り越えるたびに、最近では飢えを抑えられるようになってきた。

それが凍華の自信に繋がると共に、ふたりの仲は近づいていった。

「今夜はまた満月です」

「怖いか?」

「はい。多分、これから先もずっと怖いと思います。でも最近は、惑わし避けの花を食べ月明かりを避ければ、満月の夜でもあの飢えを我慢できるようになりました」

琉葵をまっすぐ見上げるその視線には、わずかだが自負が見て取れた。

妖の里に来たばかりのときは、下を向き、おどおどとして、自分の気持ちも考えも持っていなかった。

でも今は背筋をしゃんと伸ばし、顔には朗らかな笑みを浮かべている。

「やはり凍華は強いな」

「えっ」

「それに美しい」

穏やかな笑みと共に琉葵の口から出た言葉に、凍華の顔は真っ赤になる。

その反応すら琉葵は嬉しそうだ。

「そ、そんなことありません。琉葵様のようにさらさらではありませんし」

「細く柔らかくふわふわしていて、髪だって鳥の羽のようだ」

「目は青いです」

「海の底のように澄んでいて吸い込まれそうになる」

「〜〜!!」

もう無理だと、凍華は頬を両手で包み真っ赤になって俯いた。

すると琉葵がクツクツと笑うではないか。

「琉葵様、私をからかっておられますね」

「いや、思ったから口にしただけだ」

(最近の琉葵様は私に甘すぎる。きっと冗談でおっしゃっているのでしょうけれど、心臓がもたない)

でも、楽しい。太陽の下、頬に直接風を受け笑えるなんて、楠の家にいたときには考えられなかった。

こんな時間が自分に訪れるなんて想像だにしなかったと、凍華の胸は温かさで満ちていた。

「すまない。午後から河童堂に一緒に行く約束をしていたが、俺も薬を届ける用事ができてしまった。商談には凛子が付き添う」

「それでしたらひとりで大丈夫です」

河童堂の店主とは数回、顔を合わせている。人当たりもよくおしゃべりな店主とはすっかり打ち解けた仲だ。

そんな凍華に琉葵は口元を綻ばせる。

「ずいぶん逞《たくま》しくなったな。では、河童堂まで一緒に行こう。俺が迎えに行くまで河童堂で待たせてもらえばよい」

はい、と凍華は頷く。

ほぼひと月に一度顔を合わせる店主だが、凍華が人魚の血を引いているとは知らない。知らせないほうがよいと凍華も考えている。

人間だけでなく妖も喰らう人魚は異質な存在。わざわざ伝えて怖がらせる必要もないし、今の関係を壊したくない。

他の妖とは一定の距離を保つようにしている凍華だけれど、作った組紐は妖たちの間であっという間に話題となった。もうあのまずい薬を飲まなくていいなんて、と河童堂には注文が殺到し予約待ちになるほどだ。

さらには、凍華の作る組紐は織目も美しくしなやかで結びやすいと本来の効能以外でも好評で、色違いで何本も求める妖が後を絶たない。

最近では羽織紐や眼鏡紐を作ってほしいという依頼まできた。

自分の作った品を喜んで買ってくれる人がいることも、凍華の自信に繫がっている。

楠の家では虐げられ、ないがしろにされ育ってきた。いないも同然の扱いに心を殺し感情をなくし過ごしてきた。

でも、そんな自分の作ったものを待ってくれる人がいるという事実が、凍華の心を支える大きな柱となっているのだ。

ただ、コウとロンと楽しく暮らし、凛子と親しく話し、琉葵に守られていただけでは、この気持ちになれなかっただろう。

自分の力で、足で立っているという感覚が、なにより凍華を強くした。

(琉葵様が、私の作った組紐を河童堂に置くよう頼んでくれたのも、取引を私に任せたのも、きっとこのためだったのね)

隣を見れば、琉葵の銀色の髪が初夏の日差しにキラキラと輝いている。

(ずっとこの時間が続けばいい)

そう願いながら、凍華は硝子に口をつけた。

「では、俺が戻ってくるまで凍華を頼んだぞ」

「はいはい、もう何度もその言葉は聞きました」

むむっと眉根を寄せる琉葵に対し、河童堂の店主はひらひらと手を上下させる。

「まったく、いつからそんなに心配性になられたのですか。ははは」

飄々とした態度もだが、琉葵を恐れぬその口調はやはり豪胆としか言えない。

しかし、少し目の離れたとぼけた顔が毒気を抜くのか、琉葵に不快な様子はなく、呆れ顔で嘆息した。

「お前にはかなわないな」

「なにをおっしゃいます。ささ、もう行かなくてはならないのでしょう」

店主が壁にかかる古時計を指差せば、琉葵は「おっ、もうこんな時間か」と眉を上げた。

「では頼んだぞ。凍華、ゆっくり茶でも飲んでいろ。それからくれぐれも妖狩りには気をつけるんだ」

「はい、こうして組紐もしているので大丈夫です」

凍華は帯に結んだそれを指差す。琉葵に同じものをと頼まれ作った組紐だ。

できあがった組紐を手渡すと、これは凍華が使えばよいと言われ、河童堂に来るときはいつも身につけている。

琉葵はあれ以来ずっと凍華の作った組紐を手首に巻いているので、図らずもお揃い、というわけだ。

「すぐに戻るから大丈夫だとは思うが。しかし、正臣はずいぶんお前に執着しているからな。気をつけるに越したことはない」

「執着？　私にですか？」

初めて聞いたと怪訝な顔をすれば、琉葵は失言をしたとばかりに口を押さえた。

「……とにかく、あいつには気をつけろ」

「はい。琉葵様もお気をつけていってらっしゃいませ」

「うん」

少々琉葵の口調が気になるも、凍華は見送りの言葉と一緒に頭を下げた。

琉葵はそれに小さく応えると、軽く手を振り河童堂を出ていく。

その後ろ姿にいつまでも手を振る凍華の後ろで、河童堂の店主がへへっと笑った。

「いやいや、まるで新婚夫婦のようでよいですなぁ。当てられるこっちとしてはむず痒《がゆ》いものがありますが、琉葵様のあんな甘ったるい顔、そうそう拝めないので貴重なものを見させてもらいました」

「そ、そんな。私はただ、琉葵様の家に居候《いそうろう》しているだけで、夫婦ではございません」

「おや、まだそんなことをおっしゃっているのですか。琉葵様、あんな色男面して奥手なんですなぁ。もっと、こう、がっつりいきそうなのに」

「……なにをでしょうか？」
凍華が心底意味が分からないと眉を寄せれば、店主は「おやおや、こちらもです
か」と再びへへっと笑う。
「とにかく、お幸せそうでなによりです。会うたびに凍華様の肌が艶々、頬が薔薇《ばら》色
になっていくので、てっきりもう夫婦になられたと思っていたのですが、まだでした
か。ま、そこは私から琉葵様に助言しておきましょう」
「……ですから、なにをですか？」
さらに凍華の眉が寄るも、店主は手をひらひらさせて笑うばかりで教えてはくれな
い。
「ま、その話は置いておいて、早速ですが組紐を拝見させていただけますか。さ、こ
ちらの長机にどうぞ」
「はい。ぜひご覧ください」
凍華は案内された長机に組紐を並べていく。
全部並べ終わったところで、店主はそのうちの一本を手に取った。
「相変わらず見事な出来ですなぁ。織目も揃っていて美しい。最近はこれを買ってい
く人間もいるのですよ」
「人間が、ですか」

ここは大通りから入った場所にあるため、そもそも客は多くない。商談の最中に客が来たことが何度かあったが、てっきり全員が妖だと思っていたのだ。

「おや、そんなに驚かなくても。ここは帝都、妖も来ますが河童堂は人間相手にも商売をしていますよ」

（そうよね、店主はここで人として暮らし、商売をしているのだもの。人間が買いに来ても不思議ではないわ）

それに耳や尻尾があるならともかく人と同じ姿をしていては、凍華に人間か妖かの見分けはつかない。

「この前、姉が来ましてね。この組紐をえらく褒めていました。自分の店でも置きたいと言っているのですが、いかがでしょうか」

「お姉様、というのは、大通りの老舗呉服店の女将様でしょうか。私の作った品なんて扱っては、お店の顔に泥を塗るかもしれません」

慌てて首を振る凍華に、店主は鷹揚《おうよう》に笑う。手にしていた組紐を机に置くと、違う組紐を再び手にした。

「そんなことございません。どれも丁寧に作られたよい品です。こういうのは性格が出ましてねぇ。凍華様の真面目で優しいお人柄が見て取れます。どうですか？　一度考えてみてくれませんか」

「……少しお時間をいただいてもいいでしょうか」

店主の言葉にお世辞は感じられなかった。でも、即答できるだけの自信はまだない。その返事を予想していたのだろう、店主は大きく頷いた。

「もちろんです。ゆっくり考えてください。これからお子が生まれれば、組紐を作る時間も減るでしょうし」

「ですから、私は居候で！」

「はいはい。そうでしたね。ははっ」

まったく食えない男である。凍華は否定するのを諦め、小さく息を吐いた。

（まだ、他の妖に会うのが怖い）

凍華の知っている妖はわずかだ。妖の血を引く店主を入れても片手で数えられてしまえる。

人魚の血を引くという事実が、凍華を後ろ向きにさせていた。

（でも、私の組紐をあんな大店の女将さんが認めてくれるなんて）

素直に嬉しい。帰ったら、琉葵に相談しようと凍華は思った。

「それから、頼んでいた品ですが、どうなりましたでしょうか」

雑談を交えつつも、店主はしっかりと商談に話を戻す。

「は、はい。試作品を作ってきました」

凍華は懐から布包みを取り出すと広げ、中のものを店主に見せた。

「羽織紐と眼鏡紐、それから組紐で作った髪飾りです」

「おっ、これはこれは。依頼以外の品も用意してくださったのですか」

「前回来たとき、若い女性が組紐で花を形作った髪飾りを買っていかれたのを見ましたので。少々不格好なのですが。数をこなせばもっと綺麗にできるはずです」

店主はまず羽織紐、それから眼鏡紐を手に取る。

指先でさらりと撫で織目を確かめると、小さく頷き布の上に戻す。

次いで髪飾りを手に取った。五枚の花弁を組紐で作り、ピンで髪に留められるようにしたものだ。

「ほう、これは初めて作られたのですか」

「はい。以前琉葵様に買っていただいた髪飾りを参考にいたしました」

赤い組紐で作られたそれは、動くたびに長めの房がゆらゆら揺れる意匠だ。

「うん、悪くございません。正直に言えば、姉の店に置く仕上がりではございませんが、河童堂の常連客様なら問題ないでしょう。うちは庶民向けの店ですしね。それになにより妖が喜びそうだ」

「では、置いてくださるのですか」

「次に来られるとき、五つ作って持ってきてくれませんか。まずはそれを置いて様子を見ましょう。羽織紐は半年後にまとまった数が欲しいです。眼鏡紐は、そうですね、十本ほどお願いします。もちろんいつもの組紐も二十本。可能でしょうか」

「はい、ありがとうございます」

店主は長机の端に置いてある硯《すずり》を引き寄せると、同じく端にある紙束から一枚を取り、注文の品を書き留め凍華に渡した。

凍華は試作品を再び布で包むとその紙と一緒に懐にしまう。

すると店主は席を立ち、いくつかの髪飾りを手にして戻ってきた。

「こちら、新作でございます。持って帰って参考にしてください」

「ありがとうございます。おいくらですか？」

「差し上げます。凍華様のおかげで売り上げが二倍、三倍となっていましてね。ちょっと早い結婚祝いだと受け取ってください」

「ですから、私は居候で――」

否定しようとするも、手のひらを目の前に突き出され言葉を止められてしまう。

「はいはい、そうでございましたね。今のところは。では、包んで参りますね」

凍華の抗議を笑いながらさらりと躱《かわ》し、店主は店の奥に入っていった。

間もなく、包んだ髪飾りと一緒にお茶をお盆に載せ戻ってくると、懐から半紙に包んだ紙幣を取り出し机に置いた。

「では、これは今回のお代です。次回も宜しくお願いします」

「はい。こちらこそお願いします」

ふたり揃って頭を下げ笑みを交わし合う。

（今日は、凛子さんたちにどんなお土産を買って帰ろうかしら）

半紙を懐に入れながら凍華は考える。

この前は煎餅、その前は金平糖。暑くなってきたから水菓子もいいかも、と思案していると店の扉が開き数人の若い娘が入ってきた。

「いらっしゃいませ。凍華様、私はお客様を相手してきますが、ゆっくりしてください」

「はい」

店主が娘たちの元へ行く。若い娘は皆、着飾り賑やかで、店の中が急に明るくなったようだ。

凍華は出された湯飲みを手にしながら、再びお土産をなににするか考えた。

（そういえば私、琉葵様からいただいてばかりでなにも差し上げていないわ）

一緒に来て、一緒にお土産を選んで帰る。そのせいか、琉葵のために品を選んだことがなかった。

（琉葵様が隣にいると恥ずかしいけれど、今日は私ひとり。今までたくさんお世話に

なったのだから、この機会になにかお礼の品を見繕いたいわ）

幸い、懐は温かい。

それに、以前は雨香に見つかってしまったけれど、今は眼鏡のおかげで目の色が黒い。女学校に通う雨香は忙しいから、街を散歩する時間はないだろうし、ちょっとそこまで出かけるぐらいなら問題ないはずだ。

凍華は紙と筆を借りると、そこにさらさらと文字を書く。

【少し出かけてきます。すぐに戻ります。　凍華】

そう書き置きをすると、接客する店主の邪魔にならないようそっと河童堂を後にした。

裏通りから大通りに出た凍華は、少し不安げに周りを見渡してから歩き始める。ひとりで歩くのは初めてだけれど、何度か通った道だ。進むうちに足取りが軽くなっていく。

琉葵は自由に好きな場所を見てよいと言ってくれるけれど、やはり一緒にいると遠慮してしまう。気兼ねなく軒下に並ぶ品を眺め手に取るのは存外楽しく、凍華はどんどん歩いていった。

（琉葵様はなんでも持っていらっしゃるし、なにを贈れば喜んでくれるかしら）

見かけによらず甘い菓子が好きなようだが、それでは凛子たちへのお土産と変わらない。

毎晩、晩酌をしているので酒には強そうだけど、凍華としてはなにか形に残る物を選びたい。さてどうしようと思ったところで、大通りから少し入った場所に洋装の店があるのを見つけた。

細い通りに面した部分が硝子張りになっている珍しいその店の中には、背広や革靴と一緒にネクタイや帽子、杖《つえ》なんかも置いてある。

眼鏡越しでは見にくいので外して袂に入れ、凍華は硝子に額を近づけた。

（ネクタイなんてどうかしら）

今日は和装だったが、帝都に来るときは洋装が多いと聞いている。あって困る物ではないだろう。

しかし、見慣れない洋装の品を扱う店だけに、入るのに勇気がいる。どうしようかと硝子の前で右往左往していると、背後から名前を呼ばれた。

「凍華」

びくりと凍華の肩が震える。聞き覚えのある声に頬をこわばらせながら振り返ると、女学校の制服らしい洋装に身を包んだ雨香がそこにいた。

「雨香……どうしてここに？」

「時折、あんたが男と一緒に帝都の店に現れると教えてくれた人がいるの」

確かに月に一度ほど、凍華は琉葵と一緒に河童堂を訪れる。時間はさまざまだけれど、おおよそ半刻ほど滞在し、その後は帝都を散歩して帰るのがお決まりになっていた。

「誰から聞いたのですか?」

「私の婚約者よ。ふふ、軍人をされていて、ひと月前に私と交際したいとお父様に申し込みがあったの。なんでも、女学校に通う私に一目惚れしたそうよ」

ふふふ、と笑う雨香の顔は優越感に満ちていた。

しかし、そんな雨香の様子より、凍華は『軍人』という言葉が引っかかった。

妖狩り以外にも軍人がいるのだからただの偶然だろうと思うけれど、琉葵が別れ際に『正臣が執着している』と言ったのが気になる。

考え込み黙ってしまった凍華に、雨香は自慢げに着ている服を見せた。

「私、今、青巒女学校に通っているのよ。ほら、見て、この制服、可愛いでしょう」

学校帰りらしい雨香は膝丈のスカートの裾をひらめかせ、くるりと回った。

夏服だろうか、白地で袖と裾に紺色の線が二本入っている。

凍華とて着ている着物の質はいい。淡い藤色の単衣に白い撫子《なでしこ》が描かれたそれは、派手さはないが清楚《せいそ》で可憐だ。

　しかし、雨香の目には地味に映ったのだろう。フンと鼻で笑い蔑むような視線を凍華に向けると、腰に手を当て顎を上げる。

「ちょっと話があるからついてきなさい」

　声音が一段低くなった。

「ですが、私は……」

「断れるなんて思っていないわよね。あんた、自分の立場が分かっている？」

　すごまれ、凍華は反射的に身を縮め下を向く。

　売られた廓を抜け出したせいで、楠の家に迷惑をかけたのは事実だ。

「こないなら別にいいのよ。あんたと一緒にいた男に、廓からもらえなかったお金を請求すればいいのだもの」

「琉葵様は関係ありません！」

「そう、あの男は琉葵っていうの。関係ならあるわ。売ったあんたと一緒にいるのだから、廓の代わりにあんたの代金を支払うのは当たり前でしょう」

　睨まれ、凍華は着物をギュッと握った。

　雨香は河童堂の場所を知っている。逃げても追ってくるだろう。

　もしかしたら雨香はずっと河童堂を見張り機会を伺っていたのかも、という考えが脳裏をよぎった。

「……今までも、雨香は河童堂の近くにいたの？」

「そうよ。学園が終わってからだけれど。あんたがひとりになったときを見計らって声をかけるよう言われたの」

（叔父さんたちの目的はお金。それなら琉葵様と一緒にいるときを狙ってやってきて、廓に引き渡すかお金を払うかどちらにするんだと詰め寄るはず）

だとしたらいったい誰が、凍華がひとりになるのを待って声をかけるよう雨香に命じたのか。

（私が琉葵様から離れるのを待っていたというなら、それは琉葵様の存在を恐れているという意味。そんなこと考えるのは妖狩りしかいないわ）

どくどくと心臓が速くなっていく。嫌な予感に全身が粟立つ。

「雨香、私を連れてくるように言ったのは……もしかしてあなたの婚約者？」

「あら、馬鹿なくせに珍しく察しがいいじゃない。そうよ。廓に売ったあんたが逃げたと知った正臣様が、あんたを捕まえ廓ときちんと話をしたほうがいいとおっしゃったの。ああいう場所って怖い後ろ盾がついているから、のちのち面倒ごとが起きるかもしれないと心配してくれたのよ」

「……正臣」

凍華に刀を向けた軍人の名だ。彼の鋭く殺気に満ちた視線は、それだけで心臓を貫くようだった。

凍華は浮かれてひとりで出歩いたのを後悔した。自信なんて持ってしまったから。自分は人と違うのだから、やはりひっそりと暮らすべきだったのだと悔やまれる。最近はまっすぐ前に向けられていた視線が、どんどんと下がっていく。

そのときだ、首に激しい衝撃を感じた。

——ガツン。

……目の前が真っ暗になる。最後に凍華が見たのは、使い込まれた軍靴《ぐんか》だった。


目を開けると、薄暗い天井が真上にあった。

まだぼんやりする頭で、気絶させられどこかに連れてこられたのだと考えながら、目だけ動かし部屋の様子を探る。

高い位置にある窓から微かに漏れる弱い日差しに照らされた部屋は、既視感のあるものだった。

「……座敷牢？」

黴《かび》た畳の匂い、木の格子で仕切られたその場所は、しかし凍華の記憶にある座敷牢より広い。

身体を起こせば、首の後ろに鈍い痛みが走った。触れると腫れてわずかに熱を持っている。

「起きたか」

痛む首に眉を顰めつつ声のした方を向けば、叔父である京吉が立っていた。

「叔父さん……」

どうしてここに？　ここはどこ？

疑問はどんどん湧いてくるのに、その鬼のような形相を見ただけで喉が萎《しぼ》まって声が出ない。

京吉は乱暴に格子戸の錠前を開け、座敷牢に入ってきた。そのまま立ち止まることなく凍華のところまで来ると、なんの前触れもなく凍華の腹を蹴り上げる。

——ドカッ。

「うっ」

鈍い音と、内臓がせり上がるような激しい痛みに、凍華は海老《えび》のように身体を丸めうずくまった。

「お前のせいで、儂がどんな目に遭ったか分かっているのか」

今度は踏みつけるように背中に足が降ろされる。

——ドカッ、ドカッ。

容赦のない足蹴りの中、京吉の罵倒する声が座敷牢に響き渡った。

「お前を売った金が入らなかったせいで、儂は性質の悪い女に掴まり悪どい賭博場に連れていかれたんだ!!　あいつらめ、わざと儂を勝たせ調子づいたところで身ぐるみはがしに来やがった」

息をするのも苦しい。蹴られる合間に必死に肺に空気を入れるも、痛みでなにも考えられない。

「おまけに、一緒にいた若造ふたりが儂を高利貸しに連れていき、無理やり借金を作らされた。その金でなんとか雨香は青巒女学校に入学できたが、このままじゃ担保に入れた家、工場、土地、全部とられちまう」

京吉はそこまで話すと、やっと蹴るのをやめ、丸くなって動けない凍華のそばにしゃがみ、その髪の毛を思いっきり引き上げた。

「痛っ」

「ふん、相変わらず気持ちの悪い目をしていやがる。でも、そんなお前でも役に立つことがあるんだな」

「は、離して……」

「雨香の婚約者の正臣殿、あの人がお前を高額で買ってくれる御仁を紹介してくれるそうだ。いったいどうやって儂の懐具合を調べたのか分からんが、幸枝や雨香に黙って作った借金の額まで知っていた。おっと、もうすぐ雨香が正臣殿を連れてくる。借金のことは口にするなよ。雨香たちにはお前を廓に引き渡すとしか言ってねぇんだからな」

京吉は凍華を廓に渡すと雨香たちに嘘《うそ》をつき、もっと高値で買ってくれる人に売るつもりのようだ。その金額は作った借金を返済できる額なので、家を担保に取られず、借金をしたという事実も隠ぺいできる。

つまり、正臣は二枚舌で楠の人間を利用し、ここに凍華を連れてこさせたのだ。

扉の向こうから、石階段を降りてくる足音が聞こえた。

草履がふたりぶん、軍人用の長靴がひとつ。

その音を聞き分けられたことに凍華ははっとし、嫌な予感と共に窓を見上げる。

（……日が沈みかけている）

京吉から暴力を受けていた時間はそう長くはなかったはず。だけれど、外はもう夜の帳《とばり》が下りてきていた。

身体から痛みが引いていく。それと同時に喉が渇き始めた。

バタンと扉が開き入ってきたのは、やはり凍華に刀を向けたあの妖狩り。その後ろには幸枝と雨香の姿もあった。

「やっと会えたな。おい、その女を牢の外へ連れてこい」

「なっ！」

威圧的な態度に京吉が眉を吊り上げるも、正臣はその様子を気にするそぶりもなく言葉を続ける。

「なにをしている。早くしろ」

「ちっ、なんだってんだ。いきなり偉そうに」

京吉は舌打ちしながらも凍華の腕を掴み引きずるように牢から出すと、正臣の元へ連れていった。

「おい、その態度はなんだ。儂はお前の義父になるんだぞ」

「去れ」

正臣は凍てつくような目で京吉を一瞥《いちべつ》した。突き放すような口調に京吉の声も荒くなる。

「なんだと」

「聞こえぬか、去れといったんだ。もしかして俺が本当にお前の娘なんかと結婚すると思っていたのか」

「なに!?」

目を剥く京吉を押しのけ正臣に詰め寄ったのは雨香。その胸に縋りつき、こわばった笑みを作る。

「正臣様、なにをおっしゃっているのですか？　私に一目惚れしたのですよね？」

「お前は馬鹿か。表面だけ着飾った薄っぺらい女に俺がうつつを抜かすはずがないだろう」

「そ、そんな……」

ふるふると雨香が頭を振る。その後ろで、幸枝が甲高い声をあげた。

「だって、あなたから結婚を申し込んできたではありませんか。美しい雨香に恋をした。青巒女学校に通っているなら、将来を期待された自分の妻にふさわしいって」

「そう言えば、お前たちが俺の意のままに動くと思ったからだ」

「意のまま？」

正臣が三人をぎろりと睨む。その威圧に怖気づくように三人は身を寄せた。

それでも、かろうじて京吉だけは震えながらも正臣に食らいつく。

「お、お前はいったいなにを考えているんだ」

「俺が必要なのはこの女だけだ。しかし、この女のそばには必ず琉葵がいた。俺ではふたりを引き離せないから、お前たちを利用したまでだ」

淡々と述べるその声に、凍華は息を呑む。

（必要、とはどういう意味なの？　殺すんじゃないの？）

相手は妖を滅する妖狩りだ。しかも琉葵を追い詰めるほどの手練れ。

てっきり、その刀で殺されると思っていた凍華は、正臣の真意が分からない。その暗闇のような目の奥を覗き込むも、そこからはなんの感情も読み取れなかった。

しかし、ただならぬ気配に奥歯がガタガタと震え始める。

同時に喉の渇きが強くなってきた。

「で、では、凍華を連れ戻したら、高値で売り飛ばすという話は……」

「お前の家や土地がどうなろうと俺の知ったことではない」

「そ、そんな……」

青ざめる京吉に、幸枝と雨香が顔を見合わせた。

「あなた、家や土地ってなんの話をしているの？　あれは私が父から引き継いだ遺産なのよ」

「お父様、私、青巒女学校に通い続けられるわよね」

「うるさい!!　今はそれどころじゃない！　凍華を、あいつを売り飛ばさなきゃなんねぇんだ！」

雨香は自分の父親から初めて怒鳴られ身を縮めた。目には薄っすらと涙が浮かんでいる。

その様子に、正臣が煩わしそうに口を開いた。

「そもそも楠の家には、お前を青巒女学校に通わせるだけの金なんてなかったんだ。

こいつは自分の事業が失敗したことを隠し、賭博にはまり、あげくの果てに高利貸しから金を借りた。今さら、この女を廓に返したところで、膨れ上がった利子には焼け石に水だろう」

どうでもいいとばかりの口調に、京吉は「黙っておく約束だっただろう」とさらに怒鳴る。

そこに、幸枝と雨香の声が加わり醜い身内の言い争いが始まった。

しかし、間もなくそれは、正臣が「ばきっ」と拳で牢の格子を砕く音にピタリとやんだ。

「死にたくなかったら黙っていろ！」

「ひっ!!」

蒼白《そうはく》な顔で身を寄せる三人を一瞥すると、正臣は凍華に近づきその顎を持ち上げる。

「喉が渇くだろう？」

低く感情のない声が地下牢にこだました。

「あなたの目的は、なんですか？」

震える声で問えば、薄い唇がニヤリと笑った。

しかし、すぐに凍華を見据えていた黒い瞳が細かく揺れる。

「……もしかして、まだ誰も喰っていないのか」

「はい。私は誰も食べないし、食べるつもりはありません。だから、お願いです。手を離し……っきゃ」

顎を掴んでいた手で、今度はぐいっと腕を掴まれた。琉葵とは違う、暗く整った顔が目前に迫る。

「喰っていないだと？　あれから何度も満月を迎えたのにか？」

「……は、はい。ま、惑わし避けの花を食み、琉葵様に助けられ、耐えてまいりました」

だから、手を離してほしい、斬らないでほしいと凍華は願う。

凍華には人間の血だって流れているのだ。この先も湧き上がる飢餓感を抑えるから、見逃してほしい。

その一心でまだ喰ってないと訴えたのだが、正臣の手は緩まることなく、それどころか表情はさらに険しくなる。

「そんなまさか。いや、しかし今日は満月なのにお前の変化は少ない」

「月明かりに当たらなければ、このようにしていられます」

「そうか。半妖だから、満月から受ける影響が少ないのだな。それなら場所を変えるだけだ。歩け」

言い終わらないうちに正臣は、凍華の腕を引っ張りながら石階段へ向かう。

思いもよらぬ行動に凍華は足に力を込め踏ん張るも、軍人の力には勝てず引きずられるようにして扉を出た。

そこで正臣は振り返り、肩を寄せ合う雨香たちを無関心な目で見ると「うるさいから閉じ込めておくか」と地下室の扉を閉め鍵をした。

無機質な口調に、凍華の身体がこわばる。

石階段は広い廊下の一角に繋がっていた。天井が高く足元は絨毯《じゅうたん》のようだが、暗いせいではっきりとは見えない。

(ここはどこ？ 大きなお屋敷のようだけれど)

長い廊下を正臣はどんどん進んでいく。

洋館のようではあるが、もちろん凍華に見覚えはない。

「こ、ここはどこですか？ どこへ行くのですか？」

「ここは俺の屋敷だ。どこへ行くかはすぐに分かる」

その言葉の通り、目の前にひときわ大きな扉が見えてきた。廊下の左右にある扉よりも大きく堅牢なそれが玄関扉であることは、凍華にもすぐに分かった。

「ま、待ってください。もしかして、外に？」

「そうだ」

凍華の顔がさっと青ざめる。どうして外に向かうのか理解ができない。

(月の明かりの下で、私が妖の力を持っているかを確認してから斬ろうというの？)

しかし、前を行く男がそんなまどろっこしい考えを持つはずがない。

それに、月明かりを浴びれば、片手で大の男を持ち上げられるほど凍華の人魚としての力は強くなるのだ。どう考えても、屋敷の中で斬ったほうが危険は少ない。

正臣は玄関扉の前で足を止めると、凍華を振り返った。

「俺は妖を憎んでいる。恨んでいる」

「すべての妖が人間を害するわけではありません」

「そういえば、琉葵の祖先たちも異口同音にそう言ったな。初めてその言葉を聞いたのは、……三百年ほど前か」

「三百年？」

聞き返せば、正臣の視線がわずかに緩み、あざ笑うように口元が歪んだ。

「俺についてなにも聞いていないのか」

「琉葵様はあなたに気をつけろ、とおっしゃっておりました」

「なるほど、敢えて教えなかったか」

わずかに思案するような間があったが、正臣は「まぁ、いい」とひと言呟くと、おもむろに玄関扉に手をかけた。

「い、嫌！　外に出たくありません」

「お前の要望を聞くつもりはない」

正臣が一歩踏み出す。

洋風の庭を月明かりが照らしていた。初夏の花がはっきりと見て取れるほどの明るさに凍華は激しく首を振る。

「お願い！　離してください」

しかし、正臣は歩みを止めることなく庭の中央まできて、やっと凍華の手を離した。

大木が植えられているのは庭の端だけで、そこに銀色の月光を遮るものはなにひとつない。

激しい喉の渇きが凍華を襲ってくる。胃の中が空っぽになったようで、今までに感じたことのない飢餓が込み上げてきて、凍華はその場にしゃがみ込んだ。

それらは、廓で月明かりを浴びたときよりもはるかに大きく激しい。

（人魚の力が本格的に目覚めてきたんだ）

あのときよりも、身体に力がみなぎるのがはっきりと分かる。

慌てて胸元から匂い袋を取り出し、その中身を手のひらに広げる。

乾燥してもなお銀色の輝きを保っているその粉を、口いっぱいに含んだ。

生花と違って口内にまとわりつく粉を強引に飲み込めば、喉がしびれ渇きが少し治まる。

「ほお、そうやって食欲を抑えてきたのか」

「……はい。ですから、見逃してください。私を斬らないでください」

「俺はお前を斬るために連れてきたのではない」

「えっ⁉」

凍華は喉を押さえながら正臣を見る。

月を背負った黒い影は、表情が分からない。しかし、闇のように黒かったその目が青く変わっているのだけは分かった。

正臣が刀に手をかけそれを抜けば、月の明かりに刀身が冷たく光った。

（やっぱり斬られる！）

咄嗟に身を竦めた凍華であったが、正臣はそれを振り下ろさず、あろうことか刃《やいば》を自身に向けた。

見るからに鋭利なその刀をいっさいの迷いなく左手に近づけると、押し当てるようにして一気に引き抜く。

「な、なにを！」

正臣が傷口が見えやすいように袖をまくり上げると、かなり深い傷が六寸にもわたり腕を切り裂いていた。

血はどんどんとあふれ、地面に血だまりを作っていく。その匂いに凍華の心臓が速くなり、再び喉が渇きだす。

後ずさりし着物の袖で鼻と口を塞ぐも、血の匂いがやけに甘く感じられ頭の芯が痺れてくる。

「よく見ろ」

それなのに、正臣は傷口を凍華に突き出してきた。

意味が分からず、言われるがまま傷口に目を向けた凍華であったが、やがて青い目を大きく見開いた。

「……傷が塞がってきている？」

どくどくと流れていた血が止まり、皮膚が少し盛り上がるとあっという間に傷口は塞がり、跡ひとつ残らない。

「妖？」

「ふん、いっそのこと、そのほうがよかったかもな。少なくとも妖には寿命がある」

自嘲気味な笑いを浮かべながら、正臣は凍華の前にしゃがみ込む。

手が届きそうなほど近い距離に焦ったのは凍華のほうだ。

（どうして私を恐れないの？）

なんとか抑えているも飢餓感は腹の底から湧き上がってきて、意識を張り詰めていないと男を惑わせるあの声が今にも出そうになる。

それなのに、正臣は無防備に膝をつき、忌々しそうに凍華を眺める。

「俺はお前たちが憎い。だがそれ以上にこの身体が恨めしい」

「……あなたはいったい？」

「人魚の肉を喰った」

「人魚の……肉!?」

意味が分からないと唖然《あぜん》とする凍華に、正臣はもう一度言い含めるように同じ言葉を口にした。

「俺は千年前に、人魚の肉を喰った」

「人魚を……人間が食べたの？」

俄《にわか》には信じられない。男を惑わす人魚が人間に囚われたというのか。

その言葉の意味を理解した瞬間、凍華の全身がぞっと粟立った。

同じ人間として、倫理的に許されない悪行に対する嫌悪。

人魚の本能からくる、仲間を喰われたという事実への激しい怒り。

そして、背中にピタリと恐怖が張り付いた。

男を惑わす人魚の力を恐れてきた凍華だったが、よもや自分が喰われる立場であるなど想像だにしていなかったのだ。

「どうして、あなたは……」

人魚を食べたの、と聞きたいが、おぞましくて言葉が喉で詰まった。

その様子に正臣が、ふっと息を吐く。

「琉葵は本当になにも教えなかったんだな。お前の肉には不老不死の力があるんだ。千年以上前から人はそれを求め、人魚を狩り、肉を喰った」

「そ、そんな……」

「もちろん成功する者などほとんどいなかった。人魚の声を聞けば惑わされこっちが喰われてしまう。だが、俺は人魚を捕らえた」

凍華の喉がごくりと鳴る。

自分を見返す目が洞のようにほの暗く、正臣の顔からは表情が抜け落ちていた。

「初めの頃はよかった。怪我をしてもすぐに治るし、身体も疲れ知らずでいつまでも働いていられる。だが、何十年か経つと、俺を見る周りの目が変わってきた。幼馴染みの頭は白くなり、顔には皺が刻まれたのに、俺だけはいつまで経っても二十代のままだ」

周りから、人魚の肉を喰ったのではと囁かれ、化け物を見るような目を向けられた正臣は生まれ育った集落を後にした。

「あんな奴らどうでもよかったし、これで清々したと新たな暮らしを始めた。だが、それもやがて破綻する。息子が俺より老け、妻が亡くなり、子が先に死に。そんなことを何度も繰り返し、絶望したよ」

正臣は空虚な顔で笑うと、凍華の頬を掴み自分の方を向かせた。

「不老不死は呪いだ。俺は人魚の呪いによって死ぬのを許されず今日まで生きてきた。腕が千切れれば、激しい痛みを感じる。普通なら即死する刀傷でも死ねず、身体が治癒するまで悶え続けなくてはいけない。お前に俺の苦しみが分かるか？」

がくがくと震えながら凍華は頭を振る。想像しただけでも息が苦しく、胸がつぶれそうになった。

しかし、それもすべて正臣自身の行いによるもの。正臣は人魚を喰ったのだ、同情する余地はどこにもなかった。

「……報いを受けた、それだけでしょう」

凍華は正臣をまっすぐに見据えた。

震えているのに、今すぐ逃げ出したいのに。でも、自分のどこにそんな胆力があったのかと思うほど強く睨みつける。

「すべての妖が人間の里を荒らし迷惑をかけているわけではないわ。ひっそりと隠れるように生き、穏やかな暮らしを望んでいる妖もいるのに、あなたは食べ、斬り続けた。それがどれほど卑劣か……きゃ」

最後まで言い終わらないうちに、正臣の平手が凍華の頬をはたいた。

軍人の力で思いっきり殴られたのであれば気を失ってもおかしくないが、凍華が感じた痛みは予想より小さい。

微かに唇に滲む血を手の甲でぬぐう。それに、正臣がニヤリと笑った。

「その程度で済んだところを見ると、ずいぶん妖力が戻ってきたようだな。喉も渇いてきただろう」

「…………」

指摘されるまでもなく、喉の渇きも飢えもどんどん増してきている。今、目の前にいる正臣に飛びつきたい気持ちを必死で抑えているのだ。

「やっと人魚を見つけた。妖狩りを結成して三百年。長かったが、それも今日で終わる」

「あなたの目的はなに？」

「まだ分からんのか」

言うや否や正臣は凍華に飛びかかり、地面に組み伏せた。

突然のことに抵抗できず、凍華は背に砂利の痛みを感じながら正臣を仰ぎ見る。

自分を見下ろす男の背後に、はっきりと満月が見えた。

——びくん。

全身が跳ね上がるほどの衝動が突き抜ける。心臓が早鐘のように鳴り、どくどくとものすごい速さで血が全身を駆け巡る。

耐えられない飢餓感に唇の端からひと筋、涎が垂れた。

「腹が減っただろう。喉が渇いただろう。なに、我慢しなくていい」

正臣は、整った顔で狂ったように笑うと、すとんと表情を落とし、鼻先が付くほど凍華に顔を近づけた。

「俺を喰え」

「……えっ？」

凍華の目が大きく見開かれた。

（聞き間違い？　今、自分を食べろと……）

意味が分からない。しかし、正臣の目は惑わされたかのように胡乱なものへと変わっていく。

「この肉体は、どれだけ傷つけても蘇ってしまう。お前たち人魚は魂を喰らうのだろう。俺はもう、こんな世から消えたいんだ。何年、何百年と生き続けてもただただむなしいだけ。どこにも居場所はなく、さまよい続けなくてはいけない。親しくなった者はどんどん老い、死んでいく。ただ死ぬのならいいが、最後には俺を化け物と罵り恐れるのだ」

「……自ら望んで人魚を食べたのでしょう？」

「齢二十の若造に、こんな事態を想像できるはずがないだろう」

凍華の眉根が深く寄せられる。

嫌悪感を露わにするも、正臣はもうそれに気づかないほど陶酔していた。

「俺は人間だ。お前たちみたいな化け物じゃない」

あまりにも自分勝手な言葉に、凍華の全身が暴れるように反応した。気づいたときには上に乗っていた正臣を突き飛ばし、替わるように馬乗りになると、喉仏の下に細い指を食い込ませた。

「あなたが殺した人魚は苦しんだはずよ」

声が変わる。甘く惑わす声が他人のもののように聞こえた。

周りの景色が紗をかけたように霞むのに、目の前にいる正臣の輪郭だけが妙にくっきりとしている。

「千年前の話など、覚えていないしどうでもよい」

「命乞いをしなかった？　彼女にも好きなものがあったはず。大切なものがあったはず。その命を身勝手に奪ったのはあなたでしょう」

「化け物の気持ちをどうして俺が慮《おもんぱか》らなければいけない。そんな道理はない」

「……あなたこそ、化け物よ」

首を押さえていた手に力が入る。

激しい喉の渇きと飢餓に、本能的に凍華は口を開けた。冴え冴えとした月明かりのもと、赤い唇がてれっと艶めかしく輝く。

(嫌だ、食べたくない。たとえこんな男でも、命を喰うなんてしたくない!!)

一度食べたらもう後戻りできない気がする。それに、凍華は番を認識できない。

人魚が番以外の男を喰らうというなら、琉葵だって食べてしまうかもしれない。

そう思うのに、身体はまるで本能に抗えないかのごとく正臣に引き寄せられる。

心の内では飢餓と必死に戦いなんとか理性を保とうとするも、喉を押さえる手にますます力が入る。

どうすればよいか、誰にも教わっていないのに本能で理解していた。

その赤い唇が、正臣の唇を塞ぐようにさらに距離を縮める。

(嫌!　絶対に嫌ぁ!!)

凍華の動きがぴたりと止まり、正臣の顔にぽたりぽたりと赤い血痕がしたたり落ちた。

自分の唇を血が出るまで噛みしめ、涎を垂らし、必死に耐える凍華がそこにいる。

月の明かりは容赦なく彼女を照らし、その黒い髪が次第に淡い水色へと変わっていく。

「喰え。俺の魂を喰って、俺の苦しみを終わりにしてくれ」

「勝手な……ことを言わないで。あなたの思い通りにな……んか、ならないわ……!!」

身体の中で暴れ狂う飢餓に必死に抗いながら、正臣の顔を睨みつける。

視線が絡まり、一瞬時が止まった。

しかし、先に動いたのは正臣。自分を押さえていた手を払いのけると上半身を起こし凍華の顎を掴んだ。

「お前たち化け物に、意思も感情も選択肢もない。黙って俺の言う通りにすればいいんだ!!」

咆哮《ほうこう》と共に、その唇を凍華に無理やり押し付けようと抱き寄せた。そのとき。

「凍華!!」

背後から肩を掴まれ、正臣から引き離された凍華は、逞しい腕に包まれた。

懐かしくさえ思える匂いとぬくもりに、心の底から安堵が込み上げてくる。

見上げれば、そこには銀色の髪をなびかせた琉葵の姿があった。

「琉葵様!」

「よかった。間に合った」

「申し訳ありません。少し出歩くつもりだったのですが、雨香に見つかって……」

「雨香、あの女か。なるほど、雨香を利用して凍華を俺から引き離したというわけか」

琉葵は凍華を一度強く抱きしめ立ち上がると、背にかばい正臣と向き合った。

「妖を憎むお前が、どうして凍華にそこまで執着するんだ」
「話しても、お前たち化け物には俺の気持ちなんて分からないだろう」
琉葵は脱いだ羽織を、月明かりを遮るよう凍華の頭にかけると、右手を宙にかざし
シュッと振り下ろした。
と、そこに刀が現れた。黒緑色の刃は、月明かりを冴え冴えと照らし返す。
羽織には惑わし避けの花の香が染み込んでいて、乱れていた凍華の呼吸が収まり、
髪の色が元に戻った。
それでもまだなお湧き上がる飢餓を抑えつつ、凍華は琉葵の背中に話しかける。
「……その軍人は、私に自分を食べさせようとしたのです。人魚の肉を食べて不老不
死となった身体を疎ましく思い、その命を終わらせるために私を捜していたのです」
「自身を喰わせるだと？　……なるほど、何百年もたってようやく不老不死の本当の
意味を知ったというわけか」
琉葵の目が蔑むように正臣を見る。
「先祖の番を喰ったお前は、我が一族の敵。長い時をかけ剣技を磨いたお前を結界を
張りながら仕留めるのは難しかったが、今日こそ決着をつけよう」
睨み合うふたりの殺気立った空気に羽織を握りしめる凍華であったが、どれだけ惑
わし避けの花の香りを吸い込んでも、その喉の渇きと飢えは消えない。初めは抑えら

れていたはずが、また徐々に強まってきた。

こうしている間も、何度もふたりに襲いかかりたい衝動に駆られる。

(無理……やっぱり私なんか存在してはいけないんだ)

噛みしめた唇から流れる血に、涙が交じる。誰か私を殺してと心が悲鳴をあげた。

――はらり、はらり。

凍華の前に銀色の花びらが舞う。

幻かと思ったそれは、しかしどんどん数を増やしていく。

見上げれば、月明かりを浴びた銀色の花弁が雪のように凍華の頭上に降り注ぎ、黒い髪や着物に模様を描くように落ちた。

それと同時に甘く濃厚な香りが辺り一面に広がる。

「凍華、花、持ってきた」

「たくさん、集めた」

ポンポンと闇夜に白い炎が浮かぶと、すぐにそれはロンとコウに姿を変えた。

その両手には惑わし避けの花がたくさん抱えられている。

「結界を張る」

「その中に花と凍華を閉じ込める」

「えっ?」

聞き返す間もなく、凍華を囲むように透明の壁ができあがった。

閉じ込められた花の香りが濃度を高め、それにつれ喉の渇きが治まっていく。まったく飢餓感がなくなったわけではないが、充分に制御できる程度には落ち着いてきた。

「ありがとう、ロン、コウ」

「俺たち、もう行く」

「えっ？」

「琉葵様、ここを探すのにたくさんの使役龍を使ったから、妖狩りがうようよしている」

琉葵が作り出した使役龍の数は、以前凍華を探したときよりもずっと多かった。

用を終え河童堂に戻ってきた琉葵は、凍華がひとり店を出たと聞いてすぐに後を追った。大通りを隈《くま》なく探すも姿は見えず、嫌な予感に駆られ、ロンとコウ、それから凛子を呼び寄せ、さらには使役龍を帝都に放った。

「でも、ここを探し当てたのは使役龍じゃない」

「それじゃ、誰が私を見つけてくれたの」

「河童堂の店主が、知り合いの妖に声をかけてくれた」

「皆、凍華の組紐に感謝していたから、手を貸してくれた」

声をかけた妖が、気を失った女性が馬車に乗せられるのを偶然見ていた。

その容貌や服装が、河童堂の店主が話す凍華の特徴と同じだったから、連れ去られたと分かったのだ。

その後は馬車を見かけた妖を捜し、正臣の屋敷に辿り着いた。

(私を助けるために、大勢の妖が手を尽くしてくれた)

先ほどまでとは違う涙が凍華の頬を伝う。

男を喰らう自分なんていなくなればいいと思った。生まれないほうがよかったと。

でも、違った。

(私は生きていていいんだ)

目の前では、琉葵が命がけで凍華を守ろうとしてくれている。

人魚であっても、半妖であっても、それでもいいと言ってくれる人がいるなら。

(私こそ、自分の存在を認めなくては)

ぐいっと眦を手の甲でぬぐい、まっすぐに顔を上げた。

(もう、逃げない。妖狩りからも運命からも)

「それじゃ、俺たち、行く」

「うん、ちゃんと妖狩りから逃げてね」

凍華が心配そうに声をかければ、ロンとコウは顔を見合わせ首を傾げた。

「違うよ、妖狩りをここに近づけないために行くの」

「琉葵様の邪魔はさせない」

えっ、と思う凍華の前でふたりはくるりと回転し、年若い青年に姿を変えた。

身体こそ琉葵よりひと回り小さいが、黒袴に帯刀するその姿は勇ましい。

唖然とする凍華に、ふたりはいつものようににこりと笑うと、右手と左手を振り去っていった。

それを目の端で見届けた琉葵は、改めて正臣を見据える。

「さて、そろそろ決着をつけねばならぬな」

抑揚のない琉葵の声は、恐ろしいほどの怒りを含んでいた。

正臣が刀を構えたまま距離を詰めると、琉葵はそれを受けるかのように切っ先を正臣に向ける。

しばらくそのまま睨み合う中、先に動いたのは正臣だった。

まっすぐに振り落とされた刀を、琉葵は半歩下がりよけるとすぐ真横に移動し、正臣の右腰から左肩目がけて刀を振り上げる。

形状こそ日本刀だが、その周りを銀色の靄のようなものが囲み、刀を振ればそれが尾鰭《おひれ》のように刀の後ろになびいた。

あたかも、銀色の龍が刀に巻き付き一体となっているかのように見える。

動きが速すぎて凍華には銀色の煙が舞うようにしか見えないのに、正臣は手首を返すとすぐに琉葵の刀を刀身で受け止めた。まるでその刀筋をあらかじめ読んでいたかのような、無駄のない動きだ。

じりっ、とお互いの足に力が入り鍔《つば》迫《ぜ》り合いのように力が拮抗する。

どちらも引くことはなく、射るような視線が宙でぶつかった。

ぼん、と白い炎が現れた。

ひとつ、ふたつと増えれば、正臣は飛び跳ねるように後ろに下がり琉葵と間合いをとる。

「そいつで俺を幻惑させるつもりか。甘いな」

正臣は刀を頭上高く上げると、次いで勢いよくそれを振り落とした。

風が舞い上がると同時に炎が揺れ、消え失せる。

「さすがに、もうこの手は通じないか」

「結界に力を奪われている今のお前では、不老不死の俺を殺すのは不可能だ」

妖といえど、傷を負えば血が流れる。その治りは人間より早いが決して不死身ではない。

再び刀がぶつかる音が、静かな庭に何度も響いた。

琉葵が回り込めば、正臣はそれを力でねじ伏せる。白炎が舞うも、刀で起こされた風ですぐに消された。

しかし、琉葵も決して負けてはいない。隙をつき正臣の腹を刀で斬った。

その瞬間は正臣とて血を吐きふらつくのだが、ひと呼吸ののちに傷口が塞がる。

「なるほど、今日は満月。人魚を食べたお前の力も最大限に高まるというわけか」

「……馬鹿な。お前の刃が俺を傷つけるなど、もう何年もなかった。それに、その妖力……まるで結界を張っていないかのようだ」

戸惑うように正臣の青い目が揺れ、それがはっと凍華の上で止まった。

「『花嫁』か。その存在がこれほど妖力に影響するとは……」

花嫁を見つけた妖はその妖力を何倍にも増加させる。

妖狩りなら当然知っているが、それがここまでとは想像していなかった。

「いや、しかし、それでもまだ不死身なぶんだけ俺が有利だ」

気を取り直したかのように正臣が再び刀を構えた。

腹には斬られたときにできた血の跡がべったりとくっついているが、回復した今、なにも問題ない。

対して琉葵はその腕から流れる血をぺろりと舐める。裾も破れ、袂にも血が付着していた。肩が上下し、息が切れている。

（このままでは琉葵様が危ない。不死身相手に勝てるはずがない）

力が拮抗しているとはいえ、疲労は溜まる。妖とはいえ体力が無尽蔵にあるわけではない。

凍華の喉がごくりとなった。

(あの軍人の目的は私に食べられること。私さえ覚悟を決めれば、琉葵様を助けられる)

たとえそれが人道に外れる行いであったとしても、琉葵が斬られるのをこれ以上見たくない。ましてや、命が危ないのであれば……。

結界の中には惑わし避けの花の香りが充満し、かろうじて凍華の食欲は抑えられている。だが、ここから一歩でも出れば満月の光により激しい飢えが襲ってくるだろう。

(きっと、この結界を出たら私は正気でいられない)

今までは、満月の光を避け雨戸を閉めた部屋の中で夜を明かしていた。それでも、惑わし避けの花の力を借りなければ衝動を抑えられなかった。

ここで、月明かりに照らされた庭に出ればどうなるか……。

(私は、あの軍人を食べてしまうだろう)

凍華はギュッと目を瞑り、大きく深呼吸した。

思い出すのは妖の里で過ごした日々。

琉葵と一緒に、裏山を手を繋いで歩いたこと。

凍華の知らない帝都を教えてくれ、物珍しそうにあちこち目をやる凍華を優しく見守ってくれた。その手首には凍華が作った組紐がいつも結ばれていた。

疎ましかった青い目を美しいと言ってくれ、絡む髪を鳥の羽のようだと撫でた琉葵。何度も抱きしめられ、いつしかそのぬくもりに安堵するようになった。

（琉葵様を助けたい……!!）

胸に熱いものが込み上げてきた。

自分自身をないがしろにして生きてきた凍華が、初めて誰かを大切だと、かけがえがないと思う。

涙で視界が滲んできた。

自分が誰かを愛おしいと感じる日が来るなんて、想像できなかった。

凍華は立ち上がると、足を結界の外に踏み出す。

少し出ただけなのに、つま先から痺れるような力が全身を突き抜けた。それでも踏みとどまることなく、もう一歩、息を止めるかのようにしてさらに一歩踏み出し、凍華は結界の外に出た。

その瞬間、抑えていたはずの飢えがものすごい勢いで全身を駆け巡り、髪の色が水色に変わる。

「凍華！　結界の中に戻るんだ」

「私が……私がその男を食べれば、すべてをおしまいにできます」

「駄目だ。人を喰いたくないとあれほど耐えていたではないか。毒の花を食み、どれだけ苦しんでも、凍華はその一線を守りたいのだろう」

「私は琉葵様を助けたいのです」

誰も食べたくないと思ったのは、人としての倫理もあるけれど、食べることで人魚の力が目覚めるのが怖かった。

番以外を食べるという人魚。琉葵は凍華を花嫁だと言ってくれるけれど、その自覚がないのだから、琉葵だって食べてしまうかもしれない。

すべては琉葵を守るため。

その琉葵が今、目の前で殺されようとしているのだ。凍華にもう迷いはなかった。

涙が決壊したかのように瞳からあふれる。銀の雫《しずく》のようなそれは顎を伝い、凍華の胸元にぽたぽたと落ちる。

止まった空気を切り裂いたのは、正臣の乾いた笑いだった。

「ははは!! そうだ。そうすれば琉葵は助かる。俺を喰え、そしてお前たちがかけた人魚の呪いを解くんだ」

正臣が大きく両手を広げ、恍惚《こうこつ》の表情を浮かべる。

狂ったような笑いが庭に響く中、琉葵が刀を握る手に力を込めた。

すぅと小さく息を吸った瞬間、琉葵は地を蹴った。同時にいくつもの白炎が辺りに浮かぶ。

ざっ、と風を斬る音と共に、琉葵は正臣の腹に深く刀を突き刺した。

「ぐっ」といううめき声と一緒に血が吐き出され、腹の赤い染みが大きくなる。

それを琉葵は冷淡に、殺気に満ちた目で見た。

「ははは、隙をついたつもりか。しかし、これぐらいの傷、満月の力を得た俺ならすぐに治せ……なに？」

正臣が自分の両手足を見る。

白炎が龍の形に変わり、手枷《かせ》足枷のように絡みついて正臣の動きを封じていた。

「お前に隙ができるのをずっと待っていた」

琉葵が刀を引き抜けば血が飛び散り、しかしすぐに腹の傷が塞がっていく。

刀をぶんと振り血を吹き飛ばした琉葵は、切っ先が正臣の眉間を突き刺すように構えた。

「俺はお前を殺せない。だが、記憶を惑わすことはできる」

「な、なにをするつもりだ」

「お前から人魚の記憶をすべて消し去る。お前はこれからも老いることなく生き続けるのだ。今まで感じた孤独と絶望をもう一度味わえ。その原因も解決方法も分からぬまま、苦しみ悩み、ひたすらさまようように孤独に生きるんだ」

正臣の顔から血の気が失せていく。

「や、やめろ！　頼む、やめてくれ。魂を喰われればこの孤独から抜け出せると知っていたから、俺はまだ耐えられたんだ！　記憶を奪われては……」

「お前は凍華が助けを求めたときどうした？　捕まえた人魚も命乞いしたのではないか」

正臣は必死に手足を動かそうとするも、その動きは硬く封じられている。

「安心しろ、化かす・惑わすは妖の十八番《おはこ》。お前の記憶を消すなど他愛のないことだ」

琉葵が地を蹴った。刀がまっすぐに正臣の額に向かい——そして貫いた。

「うぐっつわーっっ!!」

断末魔と共に正臣が地面に倒れ込む。

刀が突き刺さったままの姿で正臣はなおも琉葵を睨むも、激しい痛みから身体をよじるばかりで起き上がれない。耐えられぬ痛みに、気を失うことすらできないようだ。

「憐《あわ》れだな」

琉葵は温度を感じさせない目でその姿を見下ろし、刀を抜いた。

流れていた血がどんどん減り、やがて傷口が塞がる。

「る、琉葵様」

「これ以上見るな。妖狩りが集結してきた。ロンとコウ、それに凛子だけではそろそろ限界だ。引き上げるぞ」

「ち、近づかないでください。今の私は……」

両手を前に突き出す凍華を、琉葵は強引に抱きかかえた。

「月光が届かない場所へ行く。捕まっていろ」

その言葉と同時に霧が立ち込め、琉葵と凍華は姿を消した。

＊＊＊

数十名の妖狩りが灰堂隊長の屋敷の庭に踏み込んだのは、琉葵たちが姿を消して間もなくのこと。

バタバタという足音が庭を駆けていく。

「おい。妖の気配が消えたぞ！」

「さっきまでいた、双子の妖の姿もないぞ」

あちこちで怒声が飛び交う中、ひときわ大きな声が響いた。

「こっちに灰堂隊長が倒れておられる！」

声のするほうに隊員たちが集まれば、服を血で赤く染めた正臣が呆然とそこに座っていた。

「隊長、ご無事ですか？」

「隊長？　俺、のことを言っているのか？」

「ど、どうされたのですか。虚ろな表情をされておりますが……とにかく、ご指示を！　妖がさっきまでここにいたはずです」

「妖？　そんなものがこの世にいるはずがなかろう。それより、お前たちはいったい誰だ？　それにこの馬鹿でかい屋敷……こんなもの俺の村にはなかったぞ」

隊員たちが顔を見合わせ、息を呑む。

少し呆《ほう》けたその表情は、田舎から出てきたばかりの年若い青年のようで、第五部隊隊長として恐れられた面影はどこにもない。

いったいどういうことだ、と皆が考えていると、ひとりの隊員が震える手で正臣を指差した。

「お、おい。おかしくないか？　どうして隊長は生きているんだ？」

「はっ、隊長の強さはお前も知っているだろう。妖ごときに負ける……」

「そうじゃない。その血だ！　それだけの血を流してどうして平然としていられるんだ。隊長は人間なのだろう？」

正臣に一斉に視線が向けられた。

軍服の腹の部分には穴が開き大量の血で赤く染まっているのに、軍服から覗く肌には傷ひとつない。

そこだけではない。腕も、足も、服はところどころ切り裂かれ赤い血がべったりと付着している。それなのに、身体にはかすり傷ひとつないのだ。

誰かが呟いた。

「妖……？」

その言葉は波紋のように大きく広がり、やがてそれぞれの隊員が日頃から抱えていた疑問を口にしだす。

それがひとつの結論に辿り着くのに、そう時間はかからなかった。


――この日の出来事は、第五部隊の日誌に簡潔にしか書かれていない。

【第五部隊隊長、灰堂の屋敷にて妖が暴れているとの報告あり。

駆けつけたところ、すでに灰堂は息を引き取っていた。

屋敷の地下には妖に捕らえられたと思われる民間人が三名いたが、どの者も記憶が不明瞭のため、いったん自宅に帰した。

後日、改めて話を聞きに行ったところ、自宅、土地、工場すべて高利貸しに差し押さえられ、三名の民間人は行方不明。

娘らしき人物を廓で見たとの証言もあるが、真偽不明。

捕らえた妖一匹は、地下牢にて監禁。
記　三十三代目　第五部隊隊長　斎藤】

＊＊＊

真っ暗な部屋の中で、凍華は琉葵に抱きしめられていた。

人魚の本能に耐えるよう逆らうようにその肩は小刻みに震え、両の手は硬く握るあまり爪が手のひらに食い込んでいる。

「月の光を浴びすぎました。……お願いです、この部屋から出ていってください」

その声はいつもの凍華の声と違い甘く揺らいでいる。

目の青も普段よりずっと濃く、髪も水色のままだ。

「断る。そばにいれば、もし凍華が暴走したとしても押さえられる。凍華が誰も喰いたくないと思っているのは重々承知している。その気持ちを大事にしろ」

さらに腕の力が強まった。

琉葵の若草に似た匂いとぬくもりに、凍華のぼんやりとした視界が次第にはっきりとしてくる。

「琉葵様は……どうして私が怖くないのですか？」

部屋に焚いた惑わし避けの花の香りが充満してきたからか、声がいつもの凍華のものに戻った。

それに気づいた琉葵が、わずかに安堵の表情を覗かせる。

「私は、いつ、琉葵様を惑わしてもおかしくありません」

「この前も言ったが、食べれるのと実際に食うのとでは話がまったく違う。俺は、凍華や凛子をいつでも斬れるし、ロンとコウをひと息で消し去れる。でも、そんなことをするつもりはない。凍華は俺が怖いか？」

「まさか！　だって、琉葵様が私たちを傷つけるなんてあり得ません」

凍華は語気を強め否定する。抱きすくめられているので、その整った顔は息がかかるほどの距離にあった。

琉葵は凍華の深く青い目を前にして、一瞬その翡翠色の目を大きくするも、すぐに柔和な笑みを浮かべる。

「俺はずいぶんと信頼されているのだな。それなら俺も凍華を信用する」

「私なんかを信じてはいけません」

琉葵と違い、飢えを完全に制御できるわけではない。廓で人を喰おうとしたように、いつ本能に突き動かされるか分からないのだ。

そう訴えるのに、琉葵は決して凍華を離そうとはしなかった。

「断る。凍華は俺の花嫁だ。凍華がそばにいてくれたから妖力が増し正臣に勝てた。今度は俺が凍華を守る」

凍華はぶんぶんと頭を振るう。守られているのは自分のほうだ。

香の効果は断続的で、時折激しい飢餓が凍華を襲う。そのたびに声が変わり、髪の色が変わる。満月の光を長く浴びたせいで、惑わし避けの花がいつもより効かない。

「私は、琉葵様の花嫁にふさわしくありません。お願いです、私を手放してください」

甘く震える声。涙が頬を伝う。

「嫌だ。間違いなく、お前は俺の花嫁だ」

琉葵の眉が切なそうに寄せられた。どんなに言葉を尽くしても、その気持ちが凍華に伝わらない。それなら……。

琉葵は凍華の頬に手を添えると、その青い目を見つめた。

綺麗だと思うのは、惑わしの妖力のせいではない。凍華だからだ。

ぬぐいきれていない唇の血を指の腹で拭くと、琉葵はそのまま唇を落とした。

凍華の身体がびくっと揺れる。

どれだけそうしていただろうか、琉葵が唇を離した。

「る、琉葵様。なにを……」

「人魚が口を通して魂を喰らうことは知っている。だからこそ、凍華に口づけをした。

たとえ命を危険に晒《さら》しても、凍華を手放したくない。そして俺は番である凍華を信じている」

その想いを伝える一番の手段が口づけだった。

唇が触れ合っている間も、琉葵に食べられるという恐怖は不思議となかった。

凍華は信じられないとばかりに、さっきまで琉葵が触れていた唇を指でなぞる。

琉葵がどれほど自分を請いているか、信頼しているかが熱と一緒に伝わってくる。

「凍華？」

琉葵が驚いたようにその名を呼んだ。

凍華の髪が、ゆっくりと黒く戻っていく。それと同時に、あれほど感じていた飢餓や激しい衝動が消え失せ、ただ心臓がどくどくとうるさい。

「わ、私……。どうしたのでしょうか。喉の渇きが治まりました」

自分でもなにが起こったのか分からない。

腹の底から沸き上がる飢えは治まり、代わりにさっきまで触れられていた唇が熱い。

いや、全身が火照《ほて》ったように赤い。

「人魚は番を食べない。……つまり、凍華は俺が番だと分かったのか？」

分からない。分かったのかどうかが分からないと、まるで言葉遊びのような単語が頭の中をぐるぐると巡る。

半妖の凍華は、どうやっても琉葵と同じように番を認識できない。

「番や花嫁がどういうものなのか……やっぱり私には分かりません。でも、琉葵様のそばにいると心が落ち着きます。それでいて鼓動が速くなります」

そう言ってから、口づけをしたのを思い出しはっと頬を手で覆った。

琉葵は真っ赤な顔を隠す凍華の手をそっと握り、頬から離す。

「駄目です。今は飢えておりませんし、先ほどは大丈夫でした。でも、次は分かりません。だって私は琉葵様が番だと――」

「そばにいてほしい」

琉葵が凍華の言葉を遮る。

「る、琉葵様。私は、人魚で、魂を吸い取るのですよ」

「知っている」

「でしたら――っ」

再び唇が重なった。まるで凍華に自分のぬくもりを分け与えるかのように交わされた口づけは、やがて名残惜しそうに離れる。

「たとえ人魚であっても、俺を喰らう可能性があるとしても、そばにいてほしい。愛しているんだ」

「わ、私……」

「俺は命がけでお前に惚れているんだ」

自分の命と引き換えにしても、決して放したくない琉葵の深い愛が凍華を包む。

その姿に亡き父親が重なった。

泉の前で花を見ながら、父親は凍華にどれだけ母を愛していたかを語った。たとえそれが道ならぬ恋であっても止められなかったと誇らしげに話し、そして少し寂しそうに笑った。

『俺より水華《みずか》のほうが戸惑っていたが、彼女も俺を深く愛してくれた。だから、凍華。いつかお前を受け止めてくれる人が現れ、その人と一緒にいたいと思ったら、ためらうな』

父親は、目の前の泉に母が眠っていること、ここでだけ惑わし避けの花が咲くのは母が最期《さいご》の力を振り絞って泉に妖力を流したからだと凍華に教えた。

(どうして今まで忘れていたのだろう)

父親と母親の深い愛のもと、凍華は今、存在しているのだ。

命をかけるほど恋焦がれた父親と、自分の本能を恐れながらそれを受け入れ愛した母親がいたからこそ凍華は生まれた。そして、そんなふたりは、惑わし避けの花を育て凍華を守ってきたのだ。

いつか自分たちの娘を愛する人が現れ、娘が自分の運命を受け入れることを願って。

「私、琉葵様が好きです」

凍華の言葉に琉葵は目を見開いたのち、嬉しそうに口角を上げた。

今度は凍華が琉葵の頬に手を当てる。

「好きだから、一緒にいてはいけないと思っていました。でも、本当は離れたくないのです。私が琉葵様の花嫁かは分かりません。ただ、ずっとおそばにいて、その声を聞いていたい。ぬくもりを感じていたい。私にそんなこと願う資格はないのに、でも……愛しているんです」

ギュッと力強い腕で抱きしめられ、凍華はそこで言葉を途切れさせた。

「一緒に生きよう。その運命も含め凍華を愛する」

「はい」

ふたりは視線を合わせると、どちらからともなく目を閉じた。

三度目の口づけは、長く、深く。

朝日がいつまでも重なる淡い影を畳に落とした。

番外編

庭の植木に水をやっていたロンとコウだったが、いつの間にか水をかけ合い始めた。

「うわっ」「やったな」と初めこそ和やかな光景は、次第に本格的になっていく。

凍華は縁側から苦笑いを浮かべつつ、それを眺めていた。

相変わらず暑いのは苦手で、手には氷の入った冷たいお茶がある。

「凍華」

名前を呼ばれ振り返れば、夏物の単衣の着物姿で琉葵が立っていた。少し襟元を楽にしたその着こなしは、無駄に色気を放っていてなんとも目の毒である。

「琉葵様、お帰りになられたのですか」

「ああ、帝都は暑いな。夕涼みをしていたのか」

「はい。ロンとコウがはしゃいでおります」

「まったくあいつたちは」と琉葵は小さく息を吐きながら、凍華と同じように縁側に座った。が、問題はその座る場所にある。

「あの、琉葵様?」

「なんだ?」

背中から抱きしめるように座られて、その近さに心臓が早鐘のようになる。

「近いです」

「なにか問題でも?」

大ありだが、それを言い出せない圧で琉葵が凍華を見つめる。

凍華が身体を捻りむむっと口を尖らせていると、首の後ろに突然冷たいものを当てられ「ひゃぁ」っと声を出す。

琉葵の手には氷があり、それを凍華の首に押し当てたのだ。

「お前は暑さに弱いからな」

そう言いながら、今度は頬に氷を当てられた。冷たさが心地いいがそれ以上に恥ずかしく頬を赤めれば、その反応を喜ぶかのように琉葵が甘く微笑んだ。

正臣から記憶を奪い、妖の里へ帰ってきて三ヶ月が経った。

人間の里と季節は同じようで、今は葉月。夕方になり涼しい風が吹き始めたとはいえ、まだ気温は高くじっとりと汗ばむ。

（琉葵様が離してくれないことも原因なのだけれど）

しっかりと腰を掴まれ身体を寄せられているせいか、先ほどより汗ばむ。

腕を伸ばし縁側に置いてあった団扇《うちわ》を取ると、それで琉葵を扇《あお》いだ。

緩やかな風に銀色の髪がなびき、琉葵の目が細められる。

妖は人間より執着心と独占欲が強い、と凍華に教えてくれたのは河童堂の店主だった。

凍華がいなくなり、帝都でなにやら騒ぎがあったと知った店主は、数日後、心配をかけたと謝罪に来た凍華を見て心の底から安堵したように眉を下げた。

琉葵から凍華を頼まれていたのにと責任を感じる店主に、凍華は自分の不注意だと頭を何度も下げた。さらには琉葵までもが『心配をかけた』と謝罪したものだから、店主は目を丸くしふたりを交互に見た後、なにかを察したように大きく頷いた。

「ようは、うまくまとまったということですね」

そうかそうか、と破顔する店主に、凍華は頬を染め、琉葵は鷹揚に頷いた。

琉葵が凍華の手から団扇をとり、代わりに扇ぎ始めた。

首の後ろで髪をまとめた凍華のおくれ毛が、涼しげに揺れる。

「今夜は満月です」

少し不安げに凍華が言葉をこぼせば、心配するなというように腕の力が強まった。

「薬がやっと完成した」

「薬？」

凍華が首を傾げると、琉葵は袂から小さな硝子瓶を取り出した。緑の色付き硝子の中で、液体がたゆんと揺れる。

「惑わし避けの花の成分を抽出したものだ。解毒作用や、解熱効果のある薬草も混ぜてある」

今のところ、惑わし避けの花を食べたときの苦しみは一時的なもので、その後の体調に影響はない。でも、満月のたびに熱に苦しむ凍華のため、琉葵はずいぶん前から薬を作っていた。それが完成したのだ。

「私のために……」

「思ったより難しく、時間がかかってしまった。まだ改良が必要かもしれないが、身体への負担は減るだろう」

「……ありがとうございます」

凍華はそれを受け取ると、部屋に戻って大事そうに引き出しにしまった。

再び戻ると、琉葵の隣に座る。

「まだまだ手探りではあるが、きっと大丈夫だ」

その言葉に、凍華は頷く。

この前の満月も琉葵がそばにずっといてくれた。

すると不思議なことに、飢餓を感じなかった。もちろん、惑わし避けの花の力もあるのだろうが、琉葵に触れると喉の渇きが治まり、ゆっくりと呼吸ができる。

凍華に自覚はなくても、本能的に琉葵が番であると分かっているからだろう、というのは凛子の推測だ。

「この薬と俺がいればなにも問題ない」

念押しされ、凍華は小さく笑みをこぼしながら頷いた。なんだか本当に大丈夫な気がしてくる。

「でもそうなると、満月の夜のたびに琉葵様に一緒にいていただかなくてはいけません」

ご迷惑ですよね、と呟く凍華に琉葵は笑みを深くし、その耳元に口を近づけた。

「俺は毎夜でも一緒にいたいが？」

「そ、それは‼」

凍華が弾けるように顔を上げ、次いで首まで真っ赤にした。

ぱくぱくと唇を動かす凍華の髪を琉葵がくっと笑いながら撫でるものだから、凍華の目は恥ずかしさで潤んでくる。

さすがにからかいすぎたかと、琉葵は庭で遊ぶ双子に声をかけた。

「ロン、コウ、水を張ったたらいを持ってこい」

「はい！」

ぴたりと遊ぶ手を止めると、ふたりは裏庭の方へ走っていく。

ぴょんぴょん、くるりと飛び跳ねるその姿は、疲れ知らずだ。凛子が手を焼くのも分かる。

琉葵が手にしていた団扇で、凍華に風を送る。

凍華が申し訳ないと団扇に手を伸ばすも、首を振られ断られた。

琉葵に扇がれるのはこれが初めてではない。もはや、夕暮れの定番の光景である。

初めこそ、そんなことはさせられないと団扇を取り返そうとした凍華であったが、琉葵が頑として手放さないので、最近は早々に諦めている。

こんなに甘やかされて、自分は駄目になってしまわないかと心配だけれど、琉葵が嬉しそうなのでされるがままになっている。

気持ちのよい風に凍華が目を細めていると、琉葵が少しためらいがちに口を開いた。

「楠の家の者は、行方がまだ分からない。どうやら京吉は借金取りに掴まりどこかの炭坑に送られたらしいが、詳細は不明だ。雨香はおそらく廓にいるだろう」

「叔母はどうでしょうか？」

「同じく借金取りの下で働かされているのだろうが、知りたいか」

琉葵の問いにしばし考えたのち、凍華は首を振った。

「私はここで琉葵様と一緒に生きると決めました。叔母たちについては……今までのことも含め忘れます」

「お前が望むなら、罰を与えるのも可能だぞ」

「そこまで望みません」

幼いときから虐げられ、つらく苦しい日々を送ってきたけれど、叔母たちを罰したところでその日々がなくなるわけではない。

琉葵の手が伸び、凍華のおくれ毛をくるくると指に巻く。ふわふわの羽のような手触りがすっかり気に入ったようだ。

「ただ、あの泉にだけはもう一度行ってみたいです」

「惑わし避けの花が咲くという泉か」

「はい。幼い頃、そこに父と一緒に行ったのを思い出したのです。あの泉のそばに惑わし避けの花が咲くのは亡き母の力のおかげです」

「なるほど。妖の里に咲く花がどうして人間の里で咲くのか不思議だったが、人魚の力か」

「母がなぜ亡くなったのかは分かりませんが、私を大事に想ってくれていたことは伝わりました」

父親と母親、ふたりはどんな出会いをして、どのような言葉を交わし、愛し合ったのか、今はもう分からない。でも、凍華のためにふたりで花を守った。

「ずっと、こんな自分なんて生まれてこなければよかったと思っていたのですが、今は生んでくれた母と守ってくれた父に感謝しています」

「そう思えるようになってよかったな」

「はい。私を探してくれた妖たちと、なにより琉葵様のおかげです」

凍華が笑ったその笑顔が眩しく、琉葵は目を細めた。絡めていた髪から指をほどきそっと頬に当てると、ゆっくりと顔を近づけ……。

「琉葵様、たらいを持ってきたよ！」

「お水いっぱい！」

ロンとコウが、よいしょ、よいしょと言いながらたらいを縁側の下まで運んできた。

「……ちっ」

琉葵が小さく舌打ちする。

「あれ、凍華、顔が真っ赤だよ」

「琉葵様は……怒っている？」

「ああ！　もういいから、お前たちは凛子の手伝いでもしていろ」

しっしと手でロンとコウを追い払うと、琉葵は凍華を抱え立ち上がり、縁側の縁にそっと降ろした。

自分は草履を履き庭に出て、たらいの前に座り、縁側から下ろされている凍華の足に触れる。

「る、琉葵様、なにを……」

されるのですか、と言うより早く、琉葵が凍華の足をたらいに入れる。さらに、ちゃぽんちゃぽんと手で水を掬い足にかけた。

「だ、駄目です。そんなことをされてはいけません」

「どうしてだ？」

「どうしてって……私のような者の足を」

「凍華は俺の花嫁。『私のような』『私なんか』は禁句だと言っただろう」

ちゃぽん、と今度は反対の足にも水をかける。本来なら涼しいはずが、余計に汗が出てくる。

「自分でできます」

「俺がしたいんだ」

「恥ずかしいです」

「ではなおさら、やめられないな」

琉葵が凍華を見上げながらニヤリと笑う。そのまま身体を起こし縁側に手をつくと、顔を近づけてきた。

凍華はそっと目を閉じる。

そんなふたりをこっそり見守る目玉が六つ。

妖の里にある琉葵の家に、穏やかな夏の夕暮れが訪れた。

完

あとがき

初めまして、琴乃葉といいます。

このたびは『龍神と番の花嫁〜人魚の花嫁は月華のもと愛される〜』をお手に取ってくださりありがとうございます。


こちら、琴乃葉初の和風ファンタジーとなります。

二年ほど前から、人魚を題材にした物語を書きたいと考えながらも、その他の構成がまとまらず、あれやこれやと試行錯誤しておりました。

当初、スターツ出版様のサイトで投稿した際のヒーローは、龍ではなく妖狐でした。それを編集者様と相談し、アドバイスをたくさんもらってこのような物語に仕上げることができました。

書き慣れない文体に加え、設定から着物の柄まで手探りで。

さらに、普段は自立心旺盛な主人公を書く私にとって、凍華のように自己肯定感が低い主人公は初めてでした。

戸惑うことも多かったですが、それ以上に楽しんで書くことができました。新しいことに挑戦するのはいくつになっても面白いです。

自分の中にある「書ける幅」が広がったように感じたこの作品は、私にとって思い入れ深いものになりました。

和風ファンタジー独特のしっとりとした雰囲気が伝わっていればよいのですが。楽しんでいただけたでしょうか？

今回、イラストを担当してくださったのはセカイメグル先生です。とても美麗なイラストをありがとうございます。繊細で可憐な表紙絵を何度もうっとりと眺めております。

最後になりましたが、担当編集者様、今作を見つけてくださりありがとうございます。スターツ出版様から和風ファンタジーを出したい！という夢が叶いました。

そのほか、制作に関わってくださった皆様、最後までお付き合いいただいた読者様、本当にありがとうございます。

また、いつかお会いできることを願って。

琴乃葉

この物語はフィクションです。実在の人物、団体等とは一切関係がありません。

琴乃葉先生へのファンレターのあて先
〒104-0031　東京都中央区京橋1-3-1　八重洲口大栄ビル7F
スターツ出版（株）書籍編集部 気付
琴乃葉先生

龍神と番の花嫁
～人魚の花嫁は月華のもと愛される～

2025年1月28日　初版第1刷発行

著　者　　琴乃葉

発 行 人　菊地修一
デザイン　フォーマット　西村弘美
　　　　　カバー　北國ヤヨイ（ucai）
発 行 所　スターツ出版株式会社
　　　　　〒104-0031
　　　　　東京都中央区京橋1-3-1　八重洲口大栄ビル7F
　　　　　TEL　03-6202-0386　（出版マーケティンググループ）
　　　　　TEL　050-5538-5679（書店様向けご注文専用ダイヤル）
　　　　　URL　https://starts-pub.jp/
印 刷 所　大日本印刷株式会社

Printed in Japan

定価はカバーに記載されています。
ISBN　978-4-8137-1695-2　C0193